KEITAI
SHOUSETSU
BUNKO
野いちご SINCE 2009

同居中のイケメン幼なじみが、

朝から夜まで溺愛全開です！

miNato

JN031788

◎ STARTS
スターツ出版株式会社

イラスト／美麻りん

海外転勤してしまう両親に提案されたのは、
まさかの住み込みメイド生活
そこで出会った王子様みたいな男の子

「俺のこと覚えてないの？」
やけに寂しげな顔から目が離せなくて
「今日から俺の専属ね？」
にっこり笑う彼にずっとドキドキしてたんだ
「へっ!?」
そしてなぜか彼の専属にさせられました

「俺以外の男を３秒以上見つめるの禁止」
「ずっと俺のそばにいてよ」
「もっと俺に甘えてくれていいんだよ？」
世界屈指の御曹司は
独占欲強めな王子様でした

「そんな可愛いことしたら
もう止まんないよ？」
ちょっぴり危険で甘い溺甘王子に、
今日も独占欲たっぷりに愛されています

同居中のイケメン幼なじみが、

朝から夜まで

溺愛全開です!

人物紹介

きりがや ちかげ
桐ケ谷 千景

綾乃と同い年で、同じ高校の特Sクラスに所属している。世界的に有名な大財閥の御曹司。綾乃にだけ優しい冷徹王子。

なるせ あやの
成瀬 綾乃

多摩百合学園の普通科に通う、ピュアな高校1年生。メイドとして住み込みをすることになったのは、幼いころによく遊んだ千景の家で…?

<ruby>一ノ瀬<rt>いちのせ</rt></ruby> <ruby>柚葉<rt>ゆずは</rt></ruby>

※ 高校1年生、普通科に所属する綾乃の親友。ロシア人とのハーフでモデル並みのスタイルを持つ。天真爛漫な性格。

<ruby>東条<rt>とうじょう</rt></ruby> <ruby>省吾<rt>しょうご</rt></ruby>

※ 高校1年生、特Sクラス所属。紳士的なプリンス級のイケメンで、実家はホテル王。爽やか系王子を装っているが、実は腹黒。

<ruby>水谷<rt>みずたに</rt></ruby> <ruby>春<rt>はる</rt></ruby>

※ 高校1年生、特Sクラス所属。世界的に有名なIT企業の社長を父に持つ聡明な秀才男子。双子の妹を大事にしている。

☆

c o n t e n t s

TURN＊1

王子様、現る

　小さい頃、近所のお屋敷にこっそり忍び込んで、そこに住んでる子とよく一緒に遊んだ。

　親の目を盗んで、ひっそり、こっそり。

『ちかちゃん！』

『なぁに？　どーしたの？』

『あのね、だーいすき！』

『ほんと？　ちかもだよ』

『ふふ、嬉しいなぁ』

『じゃあさ、大きくなってもずっと一緒にいてくれる？』

『うん、いいよ！　ちかちゃんのこと大好きだから、ずっと一緒にいたい！』

『約束ね』

『うん!!　約束！』

　――ジリリリリリリ。

「う、うーん……っ」

　うる、さい。

　頭元に置いたはずのスマホを手で探り、アラームモードを解除する。

　普段は二度寝三度寝なんて当たり前だけど、今日だけはちょっぴり特別な日だから。

　起きなきゃ。

「うーん……！」

　ベッドの上で伸びをする。

　よく眠れたし、頭も冴えてて体調もバッチリだ。

　布団から出て、背中まで伸びたアッシュブラウンの髪の毛をブラシでとかす。

　毛先だけゆるく巻かれたようになってるのはくせ毛だから。

　それをシュシュでひとつに結んでサイドに編み込みを入れ、低い位置でポニーテールにした。

　鏡の中のわたしはパッとしない顔立ちで、低くも高くもない身長。

　なにをとっても平均という言葉がピッタリの、いわゆるザ普通なわたし。

　それでも今日までなんの不満もなく幸せに暮らしてきた。

　今日で最後、今日が最後。

　5歳のときから住んでた家とお別れする。

　あらかじめ用意しておいた服に着替えて、脱いだ服をボストンバッグに詰めた。

　ものがなくなったあとのガランとした部屋を見渡すと、急に寂しくなってきて……。

　わたし、これからちゃんとやっていけるのかな……なんて思ってみたり。

　成瀬綾乃、15歳。

　なぜこんなことになっているのかというと。

　——それは１カ月前に遡る。

　中学の卒業式が１週間後に迫った、２月の寒い日のことだった。

「急なんだけど、来月からお父さんの仕事の都合でアメリカに行くことになったの」

　夜ご飯のとき突然お母さんからそう切り出された。

「ええ!?　アメリカ!?」

「最低でも１年は帰って来られないの」

　うそでしょ!?

　なんで、いきなりそんな……っ。

　受験を終えて進学先も決まった矢先の出来事に、ただただ絶句するしかなかった。

「綾乃、すまない。もともと行く予定だった人の持病が悪化して、２週間前に辞退の申し出があってね。突然決まったんだよ」

「そ、そんな……」

「一緒にきてくれるよな？　お父さん、綾乃と離れるなんて耐えられないんだ」

　放心するわたしに、お父さんがさらに追い打ちをかける。

「い、嫌だよ。だって、ずっと憧れてた高校に合格したんだよ？　そのために勉強だってがんばってきたのに……お父さんだって知ってるじゃん」

　大好きなテレビ番組を全部我慢して、どれだけ勉強に時間を費やしてきたか。

　過保護なお父さんは、ひとり娘のわたしをとても溺愛し

ている。

「わたしならひとりで大丈夫だから、2人で行ってきて？」

　夢にまで見ていた女子高生ライフをアメリカなんかに邪魔されたくない。

「だめだよ、綾乃もこなきゃ。お父さん、寂しくて死んじゃう！　絶対にダメ！」

　お父さんはいつもそう。

　わたしを溺愛するがあまり、なにかにつけてだめだめと言う。

　そんなお父さんに頬をプクッと膨らませて抵抗してみせる。

「そんなに可愛い顔をしても、お父さんは許しません」

　ムゥッ。

　わからずやめ。

　だけどこっちだって絶対に引かないんだから。

　親の都合に振り回されて、憧れだった高校に行けなくなるなんてやだ。

「お父さん、綾乃の意見も少しは聞いてあげなきゃ」

「しかし、お母さん。こんなに可愛い綾乃を、ひとり残して行くなんてとてもとても……」

　心配性のお父さんとサバサバしているお母さん。

　いつも最終的にわたしの味方をしてくれるのはお母さんだ。

「この家は残せるんでしょ？　だったらわたしひとりでここに残る！」

　だってあんまりじゃない？

「それがね、綾乃」

　どうやらお母さんの話によると、この社宅には次に入る人がすでに決まっているらしく、今月中に立ち退かなければいけないらしい。

　ひどいよ、そんなのあんまりだ。

　どうしてわたしになんの相談もなく決めちゃうの？

　目にじんわり涙がたまっていく。

「そこでお母さんからの提案なんだけど」

　涙目のわたしに、お母さんが得意気に微笑んだ。

「ここに来る前に住んでたご近所の桐ケ谷さんって覚えてる？　綾乃が５歳ぐらいのときよ。半年ぐらいでわたしたちが引っ越しちゃったから、綾乃はそれっきりだと思うけど」

　桐ケ谷、さん……？

「さ、さぁ……？」

　お母さんの言葉に首を横に振る。

　名字だけ言われてもピンとこない。

　５歳のときの話だし。

「その桐ケ谷さんが、綾乃を預かってもいいとおっしゃってくれているのよ。だけど、そんなの悪いでしょ？」

　一旦そこで怪しげに笑ったお母さんに、なんだか嫌な予感がした。

「だからね綾乃、住まわせてもらう代わりにメイドとして働きなさい」

「ええっ！」

　なにを言い出すのかと思えば。

　メイドとして働け？

「桐ケ谷さんのお宅はセキュリティもしっかりしてるし、ご主人も奥様もとても優しい人だから、安心して綾乃を任せられる」

　いや、ちょっと待ってよ。

　だからって、娘にメイドとして働けなんていったいなにを考えてるの、お母さんは。

「とっても素敵なお家よ。綾乃も絶対気に入ると思うわ。あちらのお家の方が高校にも近いし、それに──」

「なに？　もうすでに話がついてるの？　やだよ、見知らぬ人の家に住むのも、メイドとして働くのも」

「あら、見知らぬ人ってわけでもないのよ。だって──」

「嫌に決まってるじゃん……」

「嫌ならいいのよ。その代わりアメリカ生活だけどね～！」

　陽気に笑うお母さんの前で、頭を抱える。

　どっちも、やだ……。

「綾乃、アメリカにきなさい！　人様のお家で、可愛い綾乃が肩身の狭い思いをするなんて……不憫で見てられないよっ！」

「ちょっと、考えさせて」

「ふふ、いいわよー！」

　だけどわたしの中にアメリカのアの字すらないことを、お母さんだけは知っている。

　ドジでおっちょこちょいなわたしだけど、こうと決めたら頑固で譲らないところがお母さんによく似ているらしい。

　それにわたしが一生懸命勉強しているのを、そばでずっと見てきたのもお母さんだ。

　努力してつかんだ憧れの高校への入学。

　そのためならわたしは、なんだってしてみせる。

　たとえそれが意にそぐわないことでも。

「……わかった。メイド生活でもなんでもやるから日本に残らせてください」

「ふふふふふふ、綾乃ならそう言うと思ったわ。じゃあ早速桐ケ谷さんに伝えておくわね～！」

「綾乃～……っ！」

　そういう経緯から、わたしのメイド生活が決まったわけだけれど。

　不安しかない……。

　だってだって、ほぼ今日初めて会う人だよ？

　５歳のときに半年ぐらい住んでた家のご近所さんなんて、記憶にないも同然。

　それなのに、お母さんってば無茶ぶりすぎだよ。

　だけどアメリカに行く選択肢はわたしの中にないわけだから、嫌だとばかりも言ってられないんだけど……。

　家を出て地元の駅から電車に乗った。

　お父さんとお母さんは昨日のうちにアメリカへ飛び立ってしまい、今日からはほんとにひとりだ。

心細くてたまらないけど、がんばるしかない。

２時間もしないうちに大きな駅に到着した。

昔と比べてマンションやビルなど背の高い建物が増えたような気がする。

地図を頼りにたどり着いた場所にわたしは目を丸くした。

「ここ、だよね？」

桜の花びらが舞う中ボストンバッグを抱えて、目の前にそびえ立つ高々とした鉄製の門を見上げる。

何となくの感覚だけど、懐かしいような気がするのは思い過ごしかな。

いったい、どんな人が住んでるんだろう。

いい人でありますように……っ！

そっと門の中を覗いてみると、黒いスーツに身を包んだ筋肉質の門番さんに不審者でも見るかのような目を向けられた。

うっ……。

ゴクリと喉を鳴らして気合いを入れる。

がんばれ……自分。

不安だらけの中、早くも折れそうになる心を必死に奮い立たせる。

インターホンを押そうか、門番さんに声をかけようか迷っていると。

──ガシャン。

大きな音を立てて、門のロックが解除された。

　ウィーンと自動で門が開き、慣れないわたしはオロオロするばかり。

「どうぞお入りください」

「へっ？」

　門番さんと目が合って低い声で促される。

「成瀬様でおまちがいないですよね？　お話は伺っておりますので、どうぞ」

「は、はい、成瀬ですっ」

　ホッ、わたしのこと知ってくれていたんだ？

　よかった。

「し、失礼、します」

　恐る恐る足を踏み入れる初めての場所。

　生い茂るたくさんの木々の間から太陽光が射し込んで、辺りがキラキラ輝いている。

「きれい……」

　立ち止まり、ボーッと佇んでいると背後で門が閉まる音がした。

　も、もう戻れないんだ……。

　ここで頑張っていくしかないんだね。

　自分で決めたことだから、不安になるのはまちがってる。

「よしっ！」

　──いざ、出陣。

　目の前はどう見ても森で、視界いっぱいに広がるのはシイやカシの木。

　木の間にひっそりとした小道を見つけた。

　なんだかここも見覚えがあるような……。

　昔この辺に住んでたからそう思うだけ？

　それとも前にきたことがあるのかな。

　歩を進めながら思わずキョロキョロしてしまう。

　ガサガサと葉っぱの擦れる音がするたびに、ビクリと体
が震えた。

「あーやの」

　ん？

　どこかから声が聞こえた気がして、ピタリと足が止まる。

　き、気のせいかな？

「上だよ上」

　再び歩きだそうとしたら声と一緒に葉っぱが降ってき
た。

　上……？

　そーっと上を見上げるとそこにうごめく影を見つけた。

「えぇっ？　だ、誰？」

　太い木の枝の上に誰かが座ってる。

　太陽が眩しくて顔がはっきり見えない。

「よっ、と」

　──トンッ。

　声の主は重さを感じさせない軽やかな身のこなしで、ふ
わりと地面に降り立った。

　そしてゆっくりこちらを向く。

　男の、人？

　誰だろう……。

彼が顔を上げた瞬間、すぐに目が合った。

うわぁ……すごくカッコいい。

絵に書いたような優雅な立ち姿。

きれいな茶色いサラサラの髪からは、上品な柑橘系のにおいがする。

優美で甘い顔立ちは、どこかの国の王子様みたい……。

今まで見てきた男子とは比べものにならないくらい、次元そのものがまるでちがう。

スラリと伸びた長い手足。

なにを着ても似合うだろう引き締まった体と、モデル並みのスタイル。

神様の成し得る技のような完璧に整った容姿。

王子様という言葉は、この人のために作られたのかという気にさえさせられる。

こんな人が現実にいるんだ……。

誰だろう。

ここのお家の人かな？

ポーッとしてたら、王子様の整った顔が近くに寄せられた。

「ひゃあ……っ！」

慣れない男の人な上に、こんな美形に見られて心臓が急激に暴れ出す。

「久しぶりだね」

薄いダークブラウンの瞳が細められ、両方の口角が持ち上がる。

　破壊力抜群の優しい微笑みに、カァッと頬が熱くなった。

「元気だった？」

　ほんのり甘くて、耳にスッと馴染む声。

　ん？

　今、久しぶりって言った？

「おい、あそこに誰かいるぞっ！」

「こっちだ、急いで来てくれっ！」

　ザッザッと何人もの足音がこちらへと向かってくる。

　な、なに……？

　なんなの？

「ちっ、見つかった。ごめん、ちょっと走るよ」

「へっ!?」

　有無を言わさず抱えていたボストンバッグを奪うと、王子様は次にわたしの手をつかんで引っ張った。

　え、え？

　困惑している間にも足は動き出し、気づけば全力疾走させられていた。

　舗装されていない森の中を、やみくもに進む。

　なにがなんだかわからないまま、一生懸命足を前に押し出して無我夢中で走った……。

　う、足がもう限界。

　周りを見る余裕なんてなくて、息遣いだけが聞こえる。

「はぁはぁ……」

　しばらく走ると森を抜けて広場に出た。

　たどり着いたのは小さな噴水の前。

　あれ？

　ここも……見覚えが。

　昔よく遊んだような……。

　息を切らすわたしの隣で、眉ひとつ動かすことなく微動だにしない王子様。

「大丈夫？　苦しそうだけど」

「は、はぁ……はい、なんとかっ！」

「ごめんね、逃げるのに必死だったからさ」

　王子様は首の後ろのうなじ部分に手を当てながら、眉を下げ、最後には視線を下にやった。

「だい、じょぶ、です……っ」

　なんとか呼吸を落ち着けて、そう答えた。

「綾乃、会いたかった」

　誰だろ、さっきからわたしを知ってるような口ぶりだけれど。

　わたしにはまったく身に覚えがない。

「やっと会えて嬉しいよ」

　だんだんと距離を縮めてくる王子様に耳元で囁かれて、固まった。

　ものすごく、心臓に悪い……っ。

「綾乃？」

　うっ……、目を見つめてこないで。

　近すぎる距離にパッと目をそらしたい衝動に駆られる。

　けれどそれができなくて、まるで瞳で捉えられたかのような気分。

「え、と、……あなたは、誰、なんですか？」

　途切れ途切れに、なんとか絞り出した声。

　展開についていけなさすぎて、戸惑うことしかできない。

「え？　俺のことがわかんないの？」

　驚いて目を見開いている様子に、頭上にハテナマークが
たくさん飛び交う。

「初めてお会いしますよね？」

「ほんとにわからない？」

　きれいなその顔をグッと寄せて、目はとても真剣だ。

「わ、わかり、ません……ごめんなさい」

　こんなにカッコいい人、一度見たら絶対に忘れない。

「ムカつく」

「え？」

「俺は一日たりとも綾乃を忘れたことなんてなかったのに」

　とても王子様の口からでたとは思えない言葉に、目を丸
くする。

「どこかで、お会いしましたか？」

　困惑してたずねれば、不機嫌そうな唇がさらにキュッと
歪められた。

　そんな顔さえも魅力的だなんて、神様は二物も三物も与
えすぎだと思う。

「千景。俺の名前」

　千景、さん……。

　なんて、素敵な響き……。

　名前までにも磨きがかかってるなんて。

年上かな？

とても大人っぽく見える。

「幼なじみだよ、俺たち。結婚の約束までした仲」

「えっ……!?」

お、幼なじみ……？

結婚の約束!?

「『ちかちゃん』って、昔は俺のこと呼んでくれてたじゃん。ほんとに忘れたの？」

ちかちゃん？

ちか、ちゃん。

ちか……ちゃん？

頭の中でカチッとなにかのピースがハマる音がした。

でも待って……。

「昔よく一緒に遊んだじゃん。綾乃はそこの噴水が好きでさ。びしょ濡れになりながら、楽しそうにはしゃいでたよね」

5歳のときの記憶が走馬灯のように頭に蘇る。

ううん……。

「そのうち俺まで巻き込んで、結局いつもふたりでびしょ濡れで。お互いこっそり家を抜け出してきてるもんだから、毎回こっぴどく親に怒られて」

そんなはずはない。

「それでも綾乃は全然懲りなくて、毎日秘密の抜け穴を通って俺んちの庭にくんの。俺、毎日綾乃が来るのを楽しみにしてた」

　だって、わたしが知ってるちかちゃんは――。

「女の子、ですよ……？」

　そうだよ、そのはず、絶対そう。

「え？」

「ちかちゃんは、女の子です」

　おめめがクリクリで体が小さかったちかちゃんは、５歳のわたしの目から見てもすごく可愛い女の子だった。

「女の子って……。たしかに昔は体が弱くて髪も長かったから、よく性別まちがえられたけど。俺は男だよ？」

　ちょ、ちょっと、待って……。

　お、男の子……？

　ちかちゃんが？

　いきなりそんなことを言われても、記憶の中の可愛いちかちゃんと目の前の王子様が同一人物だなんて思えるわけ、ない。

「まさか、男だと思われてなかったなんて……」

　あからさまにショックを受けているらしい千景さんが、ガックリと肩を落とした。

「え、と……」

　頭の中を整理しよう。

　ちかちゃんは千景さんで、女の子ではなく男の子……。

「まさか男だと認識されてなかったとは……ま、いーけど。なんにせよ俺は、綾乃を手放す気なんてないから」

　そう言ってにっこり微笑む千景さんの顔には、色気がたっぷりで。

　ほんとにこの人が、あのか弱いちかちゃんなのかと疑わしくなる。

　千景さんはわたしのボストンバッグを持つと、半信半疑のわたしに「ついてきて」と言って歩き出した。

　それにしても、改めて見るとなんて広い庭だろう。

　敷地の外周も数十キロはありそう。

　家も本物のお城みたいに大きい。

　見覚えがあったのはここがちかちゃんの住むお屋敷だったからだったんだ。

　でもまさか、男の子だったなんて。

　あ、あれだ……！

　双子、とか？

　もしくは妹がいるとかだよ。

　うん、きっとそんな感じ。

「ここが俺んちだよ」

　そう言って千景さんがドアを開けた。

「わぁ、すごい……っ！」

　吹き抜けになったフロアはとてつもなく広くて、天井にはステンドグラスが輝いていた。

「千景様！」

「おーい、いらしたぞー！　こっちだー！」

　なにやら人集りができて、あたりが騒然とし始める。

　黒いスーツの男性たちが千景さんの四方を囲んだ。

「あーあ、見つかっちゃった。せっかく逃げたのに」

　肩をすくめながらも、ちっとも残念そうじゃない声。

「千景様、どこにいらしたんですか？」

「ん？　秘密。ね？」

　同意を求めるように振り向いた千景さんはわたしにニコッと微笑んだ。

「まったく、毎回この広いお庭を捜索しなければならない我々の身にもなって頂きたい。講師の先生がお見えですよ」

「今日は綾乃が来る日だから、勉強なんてしてる場合じゃない」

「またそんなことを言って。ん？　そちらの方は、まさか」

　ひとりのスーツさんがスッと前にきて、わたしを見下ろす。

「成瀬、綾乃です……っ！　本日からお世話になりますので、どうぞよろしくお願いいたししゅ……！」

　カッコよく決まったと思ったのに、最後の最後で噛んじゃった。

「す、すみません……っ」

　恥ずかしい……。

　やだぁぁぁ。

「あはは」

　ボボッと赤くなるわたしの横で楽しげに瞳を揺らす千景さん。

　ううぅ、笑われると余計に恥ずかしい。

「かわいーね」

　か、可愛い、なんて……。

　千景さんにしたら道端の犬を褒めるような感覚なのだろ

28

うけれど……。

　他意はないにしても、王子様級の人に言われて不覚にもときめいてしまった。

　やっぱり、この人がちかちゃんなわけないよ……。

「申し遅れました。私、千景様の側近の如月と言います」

「は、はい、こんにちは！」

「これからはなにかと接することも多くなるかと思いますので、ぜひお見知りおきを」

「よろしくお願いします……！」

　側近さんって千景さんの一番近くにいる人のことだよね？

　テレビドラマの世界でしか知らないけれど、実際に見るとすごくカッコいい。

　強いんだろうなぁ。

　感心していると、背後から目を覆われて目の前が真っ暗になった。

　な、なに？

「見すぎだから」

「へっ？」

　後ろからすっぽり覆いかぶさるような格好。

　息遣いがすぐそばで聞こえる。

「俺以外の男を３秒以上見つめるの禁止」

　えっと……えーっと。

　それはどう解釈すれば？

「綾乃は俺だけ見てればいーの」

「！！」

　い、今さらっとすごいこと言った。

「千景様、どちらに？」

「部屋に案内するんだよ」

　そう言ってわたしの手を取った千景さんに、階段を上らされる。

「綾乃の部屋はここ。で、こっちが俺」

　階段を上がった先の一番奥の部屋に連れられた。

「す、すごいっ！」

　部屋の中はとても広くて、お姫様が使うような天蓋付きの可愛いベッドがあった。

　猫足型の革のソファに、大きな鏡付きのドレッサー。

　置かれている家具はどれもこれも、わたし好みの女の子らしくて可愛いものばかり。

「ちなみに俺の部屋とは中で繋がってるから、困ってることがあったら遠慮なく声かけて」

「わ、わかりました……」

「千景様、そろそろお時間です。お勉強の準備をなさってください」

「ちっ、俺と綾乃の時間を邪魔しやがって」

　声を低くして、そう毒づく千景さん。

　意外と口が悪いのかも……。

「すぐに戻ってくるから、いい子で待っててね」

　破壊力抜群に微笑まれたら、逆らうことなんてできず。

　戸惑いながらも、わたしは素直に頷いた。

「ふ〜……っ」

　事前に送っていたダンボール箱を開け、中の物を整理した。

　ウォークインクローゼットに洋服をしまい、1時間ほどですべてが片付いた。

　なんだか、疲れたな……。

　──コンコン。

「は、はい！」

　慌てて返事をしながらドアに駆け寄る。

「お荷物の整理は終わりましたか？」

　如月さんではないスーツさんに声をかけられた。

「終わりました。早速お仕事ですか？　メイドとして、一生懸命がんばりますっ！」

　スーツさんの顔をじっと見上げる。

　3秒以上見つめちゃいけないんだっけ……。

　ハッとして目をそらす。

　3秒ってすごく短い。

　セーフだよね？

　べつに約束したわけでもないのに、忠実（ちゅうじつ）に守ってるわたしって……。

「あの、わたしはなにをすればいいんでしょうか？」

「お部屋でおくつろぎください。今、お茶をご用意いたしますので」

　え……？

「いえ、あの、お家の方にもご挨拶（あいさつ）させていただけると嬉

しいのですが」

「旦那様と奥様は海外出張中でございますゆえ、戻られたときにまたお声をかけさせていただきます」

「そ、そうなんですか」

「綾乃様はお部屋でごゆっくりなさってください」

　あ、綾乃、様……？

　様付けされる理由もなければ、部屋でゆっくりすごすという意味もわからない。

「わたしはその、メイドとしてやってきたわけでありまして……」

　お仕事を教えてほしいのですが。

「メイド、ですか？」

　はてと首をかしげるスーツさん。

　もしかすると、わたしのことを聞かされていないのかもしれない。

「お部屋でゆっくりされるようにと、私共は千景様から仰せつかっておりますが？」

「へっ……？」

　どうして千景さんがそんなご指示を？

　初日だからって、気を遣ってくれたのかな？

　案外優しい人なのかな……。

　ま、わたしは助かるけど。

「とにかくゆっくりなさっていてください」

「は、はい。あの、ひとつだけお聞きしてもいいですか？」

「ええ、なんなりと」

「千景さんって、双子だったりします？　それか女兄弟がいるとか」

「いえ、千景様はひとりっ子でございます」

　ひとりっ子……。

　双子説と女兄弟説、破れたり……。

　ということは、やっぱりちかちゃんは千景さんだってこと？

　部屋に戻り、テーブルの上に置いたスマホを何気なく開いた。

　すると、お母さんからメッセージがきていることに気づいた。

『アメリカに無事到着しました。綾乃、今日からしっかりね。くれぐれも迷惑かけちゃだめよ。言い忘れてたけど、桐ケ谷家には綾乃の幼なじみの男の子が住んでいます。仲良くね！』

　お、お母さん……。伝えるの遅すぎ。

　男の子……ってことは、やっぱり。

　ここまできたら、認めないわけにいかない。

　ちかちゃん……ううん、千景さんはわたしの幼なじみなんだって。

　言われてみれば、面影があるようなないような。

『ちかちゃん、だーいすき！』

『ちかもだよ。大きくなっても、ずっと一緒にいてくれる？』

　今朝夢で見た光景を思い出した。

　夢に出てきたのはたしかにちかちゃん。

男の子……かぁ。

ソファに座ってコテンと体を横に倒す。

うーん、寝心地最高……。

あ〜あ、なんだかいろいろあって疲れちゃった。

んん……ダメだ、眠い……。

気づくといつの間にか眠っていた。

「んっ……」

　目を覚ますと、ふかふかのシーツの感触に包まれている
のがわかった。

　あれ？

　いつの間にベッドにきたんだろうと、頭にハテナマーク
が浮かぶ。

　ん？

　え？

　背中にピタリと密着するなにか。

　後ろからスースー寝息が聞こえて、顔だけを少し動かし
た。

　サラサラのブラウンの髪が目の端に飛び込んできて、
驚愕する。

「ち、千景、さん？」

　振り返ろうにもお腹あたりに腕を回されているため、身
動きが取れない。

　な、なにこれ。

　いったい、なにが起こってるの!?

　すぐそばに感じる体温に意識せずとも顔が熱くなる。

　なんとか身をよじって腕から抜け出そうとするものの、力が強くて敵わない。

「なにしてんの？」

「へっ……!?」

　どうやら目を覚ましたらしい主の低い声が、耳元に響いた。

「あ、の、腕を離していただけないでしょうか？」

　渾身の力を振りしぼって身をよじる。

「だめ」

　それよりもさらに強い力が、わたしを閉じ込めた。

「綾乃は俺のだから」

「え、と、えと、あの」

　その言葉の意味もだけれど、この状況についていけない。

「絶対に逃さないよ」

　声に甘さが加わって、鼓動が大きく飛び跳ねる。

「……っ」

　わたしの上に覆いかぶさり、じっと見下ろしてくる千景さん。

　——ドキンドキン。

　心臓の音がうるさい。

　力強い眼差しに捉えられたら、心をわしづかみされたみたいに目が離せなくなる。

　長いまつ毛ときれいに通った鼻筋が影を作って、細部にまで及ぶ美しさにため息がもれそうになった。

「俺がちかちゃんだって、わかってくれた？」

「ま、まだ、信じられないけど……なんとか」

「そ？　ならよかった」

　嬉しそうに笑う千景さんから目が離せなくなった。

「今日から綾乃は俺の専属ね？」

　クスッと笑う甘い声に心臓が大きく飛び跳ねる。

「千景さんの専属……」

　メイドとしてっていう意味かな……？

　専属、メイド……。

　それってちょっと怪しいよね。

　大丈夫なのかな、わたし。

　ちゃんとやっていける？

「まずは、敬語をやめてくれる？」

「敬語を、ですか？」

「ほら、言ってるそばから。綾乃に敬語使われるの、すっごい変な感じがする。同い年なんだし、ほんとやめて」

「す、すみません」

「次に敬語を使ったら、その口塞いじゃうよ？」

　とても冗談には聞こえなくて、ポカンとする。

　口を塞ぐという実際の行動がどんなものなのかはわからないけど、なにかよくない企みがあるというのはわかった。

　千景さんが口角を持ち上げて、それはそれは楽しげに笑っていたから。

「わかった？」

「は……、う、うん……っ！」

「よしよし、いい子」

「ち、かげ、さん……」

　至近距離で頭を撫でられたら、わたしの心臓が持ち堪えられそうにありません。

「千景」

「へっ？」

「そう呼んで。昔みたいにちかちゃんでもいいけど、さすがにこの年でちゃん付けはなぁ」

「ち、千景、くん」

「千景でいい」

「千景、くん」

　だ、ダメです。

　とてもじゃないけど、呼び捨てるなんてできっこない。

　プスプスと音を立てて煙が出そうなほどの熱を持つ体が、今にもバクハツしてしまいそう。

「んー。ま、いっか。今はそれで」

　やたらとそれを強調されて、目の前で爽やかに微笑まれる。

「ま、今日からよろしく」

　そう言って優しく目を細めた千景くんから、わたしはいつまで経っても目が離せなかった。

　まさか、久しぶりに再会した幼なじみが、男の子だったなんて——

　思いもよらなかった衝撃の事実。

　こうして、わたしの新たな生活が幕を開けた。

千景くんの専属

「───────以上、新入生代表、桐ケ谷千景」

　ホール内が大きな拍手に包まれる中、わたしはポーッと壇上の千景くんを見ていた。

「千景様〜！」

「素晴らしいお姿だったわ」

「眩しすぎて目を当てられないっ」

　通路を歩いてくる彼、千景くんにホール内のほとんどといっても過言ではない女子からの熱視線が注がれる。

「すごいわね、さすが特Ｓクラス」

　隣に座る派手なプラチナブロンドの髪の女の子がボソッとつぶやいた。

「あのー、特Ｓクラスって？」

「え、知らないの？」

　こわごわ声をかけると、まんまるに見開かれた女の子の瞳にわたしが映った。

　碧い瞳に高い鼻筋、色白でとても美人だ。

　小顔でスタイル抜群で、モデルさんみたい。

「わたし、合格することだけに必死で、あまり調べもせずにここに入ったので」

　後頭部に手を当て、あははと苦笑する。

　制服が可愛いという理由だけでこの私立多摩百合学園を選んだので、内部のことは実はよく知らない。

「えー、そんな子がいるんだ？」

「はい、制服に憧れて」

　この学校の制服はブラウンを基調としたセーラー服で襟元のラインが２本、胸元の小さなリボンがキュートで、素材にもこだわっているのか着心地は抜群。

　同色のボックスプリーツスカートと合わせるととても可愛い。

「この制服を着るためだけに受験勉強を頑張ったんです」

「あはは、面白いね、あんた。あたしは一ノ瀬柚葉。柚って呼んで」

「成瀬綾乃です。綾乃でいいよ」

「よろしく、綾乃」

　早速できたお友達、柚がこの学園のことを詳しく教えてくれた。

　ここには幼稚部や小等部、中等部が存在するらしく、大多数の生徒がエスカレーター式で高等部に進学するらしい。

　わたしはいわゆる外部生で、柚は幼稚部からのれっきとした筋金入りの内部生。

　その中でも先生と同等かそれ以上に権力を持つのが、特Ｓクラスの皆さんだそうだ。

　容姿、頭脳、身体能力、家柄すべてにおいてパーフェクトな人だけが、学園最高峰の特Ｓクラスに所属できるという。

「特Ｓクラスに選ばれた人は世界のトップに立つような家

柄の人たちばかりで、ここに入学してくる女子皆の憧れな
のよ」

　みんなと言うわりには、柚はとても興味があるようには
見えない。

「中でも一番の注目株が内部生の桐ケ谷千景。世界的に有
名な桐ケ谷財閥の御曹司ってだけで、女子みんなが目の色
変えてるってわけ」

「…………」

　千景くんって、御曹司だったんだ……。

　あのお家を見れば納得するけど、ここまですごいとは。

「ま、あたしは全然好みじゃないけど。桐ケ谷の他にもふ
たり有名な特Sクラス所属の男子がいて、3トップで目
立ってるの。もちろん桐ケ谷がダントツだけど」

　聞けば聞くほど、千景くんの存在が遠くなっていく。

　まさに雲の上のような人。

「あたしたちのような一般クラスの人間が、特Sクラスに
相手にされるわけないからね」

「そうなの？」

「そうよ、見向きもされないわ。だからみんなああやって
崇めてるの。桐ケ谷なんて、特に女嫌いで有名だからね」

　女嫌い……？

　とてもそんな風には見えないけど、千景くんってすごい
んだなと改めて思う。

　あれだけの女の子からの熱視線にさらされても、表情ひ
とつ変えずに堂々としているなんて。

　そんなこんなで入学式は終わって、クラスでの自己紹介なども無事終わった。

「綾乃、またね！」

「うん、バイバイ！」

　帰ろうと思って教室を出ようとしたら、廊下の方からざわわっとどよめきが起こった。

「きゃあああ！　千景様よ～！」

「どうして一般クラスの階に？」

「歩いてらっしゃる姿も素敵だわ～！」

　女子の皆さんの熱視線を一身に浴びながら、千景くんはどんどん距離を詰めてくる。

　目が合ってギョッとしたのもつかの間。

「綾乃」

　千景くんはわたしを見るなり表情を崩して微笑んだ。

「はぅ……っ！」

　その甘い笑顔に悩殺された女子の皆さんが、クラリとよろけて壁に手をつく。

「一緒に帰ろ」

「へ？」

　一緒に、帰る？

　廊下にはギャラリーが押し寄せて、千景くんをひと目拝もうとする人であふれていく。

「賑やかだね。静かなところに行こっか」

　周りを見て困ったように肩をすくめた千景くんが、戸惑うわたしの手を取って歩き出した。

　わたしはというと、女の子たちが引いて出来上がった花
道をうつむきながら進む。

　ひしひしと突き刺さる視線が痛い。

　うぅ、みんなわたしを睨んでるっ。

　しばらくすると、千景くんはピタリと足を止めてこちら
を振り返った。

「綾乃」

「は、は……っ」

　はい、と言いかけて口元を押さえる。

　敬語ダメなんだっけ！

「どうしたの？　千景くん」

「新しいクラスはどうだった？」

　心配してくれてるのかな？

「なかなか楽しそうな人がたくさんいた、かな。お友達も
できたし」

「友達？　誰？」

　なんだか少し低くなった千景くんの声。

「金髪のすごくいい子」

「金髪？　それって、男？」

　どこか冷たさを含んだような視線に、不安になってくる。

　もしかして金髪って聞いて、不良だと思われたのかな。

「女の子だよ。ロシア人とのハーフさんで、髪の色も地毛
なんだって。すっごく美人なの。中身もいい子でね！」

「そっか」

　わたしの言葉に千景くんはホッとしたように表情をゆる

めた。

「ならよかった」

「？」

　なにがよかったのかはわからないけれど、優しく微笑む千景くんを見て一安心。

「あ、それと。今朝はなんで先に家を出ちゃったの？」

「え？」

「綾乃と登校できるの、楽しみにしてたのに」

「わたし、千景くんと同じ高校だって知らなくて……ごめんね」

　知ってたら一緒に登校してもよかったのかもしれない。

　学校までの道がわかるか不安だったのもあって、かなり早くに出たんだよね。

　一応如月さんには声をかけたんだけど、どうやら千景くんは不服だったみたいで、スネたような目を向けてくる。

「俺が言ってなかったのが悪いね。でも、綾乃は俺の専属だろ？」

　そんな目で見られちゃったら、コクリと頷かずにはいられない。

「登下校はなにがあっても必ず俺と一緒にすること。わかった？」

「う、うん！」

　そういえば私、メイドという名目で千景くんのお家に住まわせてもらっているんだ。

　千景くんの専属として、もっとしっかりしなくちゃ。

　そのあと千景くんを迎えにきたというピカピカの黒い高級リムジンを見て、わたしは目を瞬かせた。

　す、すごいっ！

「さぁ、どうぞ」

　ドアを開けて先にわたしに乗るようにと声をかけてくれる千景くん。

「ちち、千景くんから、どーぞ」

　メイドの私に紳士的に振る舞う千景くんに困惑する。

「なに言ってんの、俺が見守ってなきゃ転けちゃうくせに」

「こ、転けないよっ……！」

「昔からドジだったろ。いいから先に乗って」

「……っ」

　ドジでおっちょこちょいなのはそうだけど、先に乗れと言われましても。

「ほら天気悪くなってきた。雨降りそうだからさ、ね？」

　見上げた空にさっきまでの青さはなく、どんよりとした雲が浮かんでいる。

　たしかに、雨が降り出しそう。

「し、失礼、します」

　素直に足をかけて車内に入る。

　緊張してガチガチに固まるわたしを見て、あとから乗り込んできた千景くんがクスッと笑った。

「力抜いて楽にして？」

「だだ、だって、リムジンって慣れないよ……」

　背もたれに背中をつけるのさえためらわれる。

「毎日乗ってたら慣れるから大丈夫」

「っ……？」

　ま、毎日……？

　そういえば、さっき登下校は一緒にって約束したんだ。

　異空間に慣れなくてすっかり飛んでた。

「こんなに優遇されたら、バチが当たりそう……」

　リムジンが走り出して、わたしはようやく肩の力を抜いた。

　なにこれ、乗り心地が最高すぎるっ……。

　走行音や振動がほぼなくて快適。シートもふかふか。

　なんだかこうしていることが未だに信じられない。

　昨日から色々ありすぎて夢の中にいるみたいだよ。

　信号待ちで何気なく窓の外に目を向けたら、道路沿いの可愛いカフェが目に入った。

「あ！」

　雑誌に載ってたお店だ……！

　朝とは道が違うから、今初めて気がついた。

　へえ、こんなところにあったんだ！

　淡いピンクとゴールドが特徴のおしゃれな外観。

　さくらんぼを使ったパフェがとっても有名で、平日でもすごい行列なんだとか。

　１カ月以上先まで予約で埋まっていて、電話も繋がりにくいからなかなか予約が取れないらしい。

「あの店に行きたいの？」

　窓に張りついていたら、顔を近づけてきてわたしの視線

の先を追う千景くん。

「雑誌でね、見たの！　なかなか予約が取れなくて……！
だけど、いつか行けたらいいなぁって思ってるんだ」

　お店を発見できただけでも嬉しくて、つい笑みがこぼれ
る。

「…………」

「千景、くん？」

　しばらくの間わたしを見て固まっていたらしい千景くん
がハッとした様子で我に返って、小さく咳払いをひとつ。

「……なんでもないよ。ところで如月」

「はっ」

　遥か離れた助手席から、側近の如月さんが振り返った。

「俺の言いたいこと、わかってるよね？」

「はっ、もちろんです」

　なにやらよくわからない会話が繰り広げられるのを、ポ
カンとしながら聞いていた。

「さ、行こっか」

　リムジンがどこかに停車したかと思うと、ドアを開けて
千景くんが先に降り、わたしに手を差し伸べてきた。

「行くって、どこに……？」

「綾乃が行きたがってるお店だよ」

「へっ!?」

　お、店？

「行こっ」

　有無を言わさず手を握られ、ゆっくり地面に足をつける。

　そして千景くんにエスコートされながらリムジンを降り
ると、連れて来られたのはなんとさっきのカフェだった。
「ど、どうして……？」
「ん？　来たかったんでしょ？」
　行列を尻目にお店の中へと入って行こうとする千景くん
に困惑する。
　だってここ、予約がなきゃ入れないんだよ？
　それなのにお店に入った途端、店員さんに名前を伝えた
らすんなり席まで案内してもらえた。
　いつ予約したの？
　電話だって繋がりにくいのに。
　もともと予約してたのかな？
　だけど、そんな感じじゃなかったような？
「綾乃はなにも気にしないで。それよりなに食べる？」
　落ち着かず店内をキョロキョロ見回すわたしに、千景く
んが優しく微笑みかける。
　最上級の笑顔に頬がカァッと熱くなった。
　よく見るとお店の女の子たちも、千景くんを見て頬を赤
らめてる。
　無理もない、こんなに素敵な人なんだから。
「ん？」
　思わず見惚れてしまいそうになって、気づかれていない
と思っていたわたしは慌てて視線を下にやる。
「なんでもないっ！」
　そしてメニュー表を食い入るように見つめた。

　ちゃんと、選ばなきゃ……！
「真剣だね。俺のこともそんな目で見てくれたらいいのに」
「え、えと？」
　どういう、意味だろう。
　千景くんはときどきわからないことを言うので、そのたびにハテナマークが浮かんでしまう。
「ま、今はまだいーけどね。決まった？」
「ええっと、うん。あ、でも待って……さくらんぼのパンケーキも美味しそう……！　でもさくらんぼのパフェも捨てがたいなぁ」
「じゃあ俺がパフェ頼むよ。べつにこだわりはないからさ」
「えっ……いいの？」
　そう言ってくれるのはとてもありがたいけれど、食べたいものを我慢させちゃってるんだとしたら申し訳ない。
「俺は綾乃の喜ぶ顔が見れたらそれで十分だよ。飲み物はどうする？」
「えっと、じゃあ、フレッシュパイナップルジュースで」
「そこはさくらんぼじゃないんだ？」
「そこまでいくとさすがにやりすぎかなって」
　ははっと爽やかに笑って、千景くんは近くにいた店員さんにさり気なくわたしの分まで注文を済ませてくれた。
　すぐに飲み物がきて、口をつける。
　生のパイナップルを絞ったジュースはフルーツの果肉まで入っていてとても美味しい。
　10分ぐらいしてさくらんぼのパンケーキとパフェが

やってきた。

「ん〜、最高っ……！」

　さくらんぼの酸味と生クリームの甘さが口の中に広がる。

　あー……幸せだな。

　美味しいものって、どうしてこうも幸せな気持ちにさせてくれるんだろう。

　パクパク頬張っていると、視線を感じてふと顔を上げた。

　なんの面白味もないわたしの食べる姿を、千景くんがニコニコ顔でじっと見ていた。

「美味しい？」

「うん、とっても！」

「目キラキラさせすぎ」

「すごく幸せで！　わたし、甘いもの大好きなの」

「かわいーな、綾乃は」

　ほら、もう、また。

　息をするかのような感覚で自然と紡がれた言葉に、わたしの心臓がキュンと音を立てる。

「あの、千景くん」

「ん？」

「そ、そういうこと言われると、照れちゃうよ……その、かわいい、とか」

「ほんとのことだよ」

「へっ？」

　えーっと……。

　どう反応すればいいんだろう。

「俺は綾乃しか見えないし、綾乃だけをほしいと思ってる」

「う、うん？」

「好きだよ」

「ぅ……ごほっ」

　あまりにもサラッとそんなことを口にする千景くんに、パンケーキをむせてしまった。

「大丈夫？　水飲んで」

「ぅ……っ」

　大慌てで、差し出されたグラスの水を口に含んでゴクンと飲み込む。

　ふぅ、少し落ち着いた。

　『好き』って……。

　友達として、人として、幼なじみとして、そういう意味だよね？

　世界的に有名な御曹司の千景くんが、ごくごく平凡な一般庶民のわたしを恋愛的な意味で好きになんてなるわけがないし、到底釣り合うはずもない。

　ここは冗談として受け取っておこう。

　気を取り直してパクリとパンケーキを食べる。

　うーん……、やっぱり美味しい。

　ほっぺたが落ちちゃいそう。

　ここに来られてよかったなぁ。

「あの、今日はありがとう」

　笑顔で千景くんにお礼を言った。

「まさか来られるなんて思ってなかったから、すごく嬉しいよ」

「どういたしまして。喜んでもらえて、俺も嬉しい。さ、パフェも食べて」

　スプーンを手にした千景くんがパフェをすくってわたしの口元に持ってくる。

「ほら早く口開けて」

　こ、これは、いわゆる『あーん』ってやつ。

「ソフトクリームが溶けちゃうよ」

　うっ……えーい。

　──パクッ。

「んんっ……！　お、美味しい……っ」

「ふはっ、よかったね」

「う、うん……っ！」

　はぁ、やっぱり甘いものっていいな。

　パフェも期待以上の美味しさで、牧場から取り寄せている牛乳で作ったというソフトクリームがとても濃厚だった。

　そ、それにしても、千景くんって意外と強引というか。

　恋人にするようなことを平気でしてくるなんて、こういうことに慣れてるのかな。

「このお店、気に入った？」

　大げさなほど首を縦に振って返事をするわたしに、千景くんが満足そうに微笑む。

「そっか。また来よう」

　また、があるんだ。

　それを聞いて少し嬉しくなった。

　帰る頃には雨が降り出していて、お屋敷に到着したとき
にはバケツをひっくり返したのかと思うほどの大雨に変
わっていた。

　帰りも車だったのでほとんど濡れずに帰ってくることが
できた。

　夜ご飯までゆっくりしていいと言われたので、着替えて
部屋でのんびりする。

　千景くんの専属メイドだけれど、わたし、昨日から全然
お仕事してないや……。

　ちゃんと働かなきゃ、いる意味がないよね。

　せっかく住まわせてもらってるんだから、恩返ししなきゃ。

「あの、なにかお手伝いすることはありませんか？」

　ロビーで月見さんの姿を見かけ、恐る恐る声をかけた。

　大人の男の人というだけでも抵抗があるけれど、それに
加えて強面のせいか余計ビクビクしてしまう。

「綾乃様はお部屋でゆっくりお寛ぎください」

「いえ、そういうわけには……」

「お気遣いしてくださらなくて大丈夫ですよ」

　そう言われてしまっては返す言葉が見つからない。

　だけどただ部屋でボーッしているのは申し訳ないから、
せめて迷惑にならない程度のことをやらせてほしい。

　でもなにを？

　きっと誰にたずねても『ゆっくりしてください』と言われるだけのような気がする。

　うむむ。

　メイドって案外難しい。

　夕食の席で、なぜか千景くんの隣に座らされた。

　シェフさんが運んでくれた料理に目に輝かせる。

　お、美味しそう。

「さぁ、食べよっか」

「で、でも……」

　できたてのハンバーグからは湯気が上がって、とっても美味しそう。

　さっきスイーツを食べたばかりなのに、ぺろりといけちゃいそう。

「わたし、お仕事しなくちゃ。でもイマイチなにをすればいいのかがわからなくて」

「綾乃は俺と一緒にいてくれるだけでいいから、冷めちゃわないうちに食べよ？」

　そう言われて、いいのかなと思いながらも素直に頷く。

　ダイニングルームはとても広くて、テーブルも何十人もの人が座れるくらい横に長い。

　それなのに真横でほとんど間隔をあけず、ピタッと密着するような距離だ。

「いただきます」

　ハンバーグを切り分け口に運ぶ。

「どう？　美味しい？」

「う、うん。わたし、ハンバーグって大好き！」

「ふふ、知ってる」

「え？」

　言ったことあったかな？

　ハンバーグを好きになったのは大きくなってからなんだけど。

「綾乃のことは、なんだって知ってるよ」

　宝物でも見るような優しい顔をされると、大切にされているんじゃないかって勘違いしそうになる。

　この顔を見ると、すべてを許せちゃうというか。

　わたしはとっても弱いかもしれない。

　ご飯のあと、シャワーを浴びて学校の準備をしていると、窓の外でピカッとなにかが光った。

　——ゴロゴロゴロ。

　う……。

　ゴクリと喉を鳴らして窓に近づく。

　突然空に稲光が走って、ドッカーンとどこかに雷が落ちる音がした。

「きゃあ！」

　その場にうずくまり、頭を抱える。

　こ、怖い……。

　そのあとも大きな音が続いて、そのたびにビクビク震えてしまう。

　雷……やだ。

　大粒の雨が地面を叩きつける音だけが耳に響いている。

　またどこかで轟音が鳴って、今度のはさっきよりもすごく近かった。

　た、助けて、怖いよ……。

「綾乃？」

　ドアの外から千景くんの声がした。

「……っ」

　動けなくて、声まで出ないなんて……っ情けなさすぎる。

　そうこうしているうちに電気が消えて、あたりが暗闇に包まれた。

「うぅぅ……！」

　やだ、暗いのも苦手なのにっ。

「入るよ？」

　勢いよくドアが開く音がした。

「綾乃、どこ？」

「ち、かげ、くん……っ」

　窓際でうずくまるわたしの前に大きな影が現れる。

　その影がゆっくり近づいてきて、わたしのそばにしゃがんだ。

「大丈夫？」

「うっ……」

　怖くて無我夢中で千景くんにギュッとしがみつく。

　精いっぱいしがみついて、目を閉じた。

「綾乃。もう大丈夫だよ」

　トントンと優しく背中を叩いてくれる手の温もりに、安心感がじわじわと広がっていく。

「ひとりじゃないから」

「千景、くん……っ」

「なにがあっても、ずっと綾乃のそばにいる」

　そう言い力強く抱きしめられると、体の震えがだんだんと収まってきた。

　不思議……。

　千景くんがいてくれるととても心強くて、恐怖心が徐々に和らぐ。

「落ち着くまで一緒にいるよ。とりあえず、ベッドに行こっか」

　今度は体がふわっと宙に浮いた。

「……っ」

　抱きかかえられて、お姫様抱っこの体勢だ。

「わ、わたし、重いから……っ」

「ん？　全然余裕」

　千景くんの透き通った声がやけに近くで聞こえて、さっきまで震えていたはずなのに……。

　今度はドキドキが止まらないなんて。

　ああ、もう、わたしの心臓うるさい……っ。

　千景くんはわたしの体をゆっくりベッドにおろすと、丁寧に首元まで布団をかけてくれた。

　そして枕元に座りながら、そっとわたしの頭を撫でてくれる。

「まだ怖い？」

「ううん、もう、大丈夫……千景くんが来てくれたから」

「綾乃はほんと、雷がだめだよね。小さいときから変わらないな」

「千景くんちのお庭で遊んでたら、雨が降ってきて雷が鳴ったこともあったね」

「綾乃はその時も今日みたいに震えてたよな」

「だってわたし、ほんと雷がダメで……」

　その時も千景くんは、わたしを優しく抱きしめてくれたっけ。

　もちろんその時は女の子だと思ってたから、ドキドキしたりはしなかったけど。

　今は……。

「そんなところもかわいーね」

「も、もう……！」

「ははっ」

　──ドキン。

　周りが真っ暗なのも手伝って、ドキドキが大きくなり始める。

　強引で、甘くて、優しくて。

　昨日と今日で、久しぶりに会った千景くんのことをいっぱい知った。

　頭を撫でてくれる手があまりにも優しくて、気づくといつの間にか眠りに落ちていた。

「おやすみ、綾乃。ほんと、これからは覚悟しといてね？」

　千景くんが妖しげにそう言ったのを、この時のわたしは知る由もない──。

甘すぎる独占欲

「きゃあああ！」

　女の子たちの歓声に出迎えられながら、千景くんに差し出された手を取ってリムジンをおりる。

　すると、歓声が断末魔の雄叫びに変わった。

「いやぁぁ、なによ、あの女は！」

「千景様と一緒に登校ですって!?」

　とても、ううん、すごくやだ……。

　注目されるのは好きじゃない。

　女の子たちからの見定められるような眼差しをひしひし感じて、顔を上げられなくなった。

　きっと、似合わないとか思われてるんだろうな……。

　千景くんは本物の王子様だし、わたしみたいな一般人が一緒にいていい相手じゃない。

「綾乃、顔色が悪いよ？」

「えと、あの、人に酔っちゃって……」

「あ、たしかに賑やかだよね。早いとこ教室に行こっか」

　今まで華やかな世界で生きてきたであろう千景くんは、注目されることにも慣れっこで余裕がある。

　これだけ女の子に騒がれているんだから、今までモテただろうな。

　わたしに優しいくらいだから、きっと他の子にも優しいよね。

　なぜだか、チクンと胸の奥が痛んだ。

「あれ？　千景くんのクラスって、この階じゃないよね？」

　それなのに女の子たちからの視線を独り占めにしながら、当たり前みたいにわたしについてきてる。

「綾乃を送り届けるのが俺の使命だから教室まで付き添うよ」

　し、使命？

「とにかく心配なんだよ。授業中までは見張れないから、余計に」

「心配……？　わたし、そんなにおっちょこちょいじゃないよ？」

　それに子どもじゃないんだから授業のことまで心配してもらわなくても大丈夫というか。

「だめだめ。どんな虫が寄ってくるかわかんないから。綾乃、最初にした約束覚えてる？」

「約束？」

「俺以外の男の目を３秒以上見つめるの禁止」

「覚えてるよ」

　約束というか、一方的な取り決めというか。

「もちろんここでも適応な。学校では３秒じゃなくて１秒にしたいところだけど。ううん、むしろ、男なんて視界に入れなくていいくらいなんだけど、そういうわけにはいかないからさ」

　えーっと……、うん？

「綾乃、おはよう！」

　教室に着くなり、柚が駆け寄ってきた。

　朝から弾けるような笑顔を向けられて、わたしも自然と笑みがこぼれる。

　だけど次の瞬間、わたしの隣にいる千景くんを見た柚の動きが止まった。

　ギョッとしながら目を見開いている。

「一ノ瀬？だよな。綾乃がお世話になってます」

　ふわりと笑う千景くんに、未だ微動だにしない柚。

　あれ？

　わたし、千景くんに柚の名前教えたっけ……？

「不躾なお願いで申し訳ないけど、一ノ瀬には綾乃に悪い虫がつかないように見張っててほしいんだ」

　虫……？

　さっきもそのようなことを言ってたけど、いったいどういう意味だろう。

「じゃあまた迎えにくるから」

　名残惜しそうに眉を下げ、わたしの頭をひと撫ですると、千景くんは手を振って去って行った。

「ちょっと、今のどういうこと!?」

　そのあとに柚から質問攻めされたのは言うまでもなく……。

　「付き合ってるの？」から始まって、誤解を解くのに数分かかった。

　それでもまだ納得はしていないみたい。

「一番ビックリなのは桐ケ谷の綾乃に対する甘々な態度。

ほんっっと、これまでとは別人みたいだった。中等部のときは、あんなに感情をあらわにするようなヤツじゃなかったんだよ？」

「そうなの？」

「クールでなに考えてるかわからなかったし、女子にも愛想が悪くて、告白なんてされようもんなら『無理』ってバッサリ切り捨てるか、スルーだったもん。影で冷徹王子って囁かれてた。でもあの容姿だから人気は衰えなくて、今に至るって感じかな」

　冷たい？

　女嫌い……？

　バッサリ切り捨てる？

　冷徹王子？

　どれもわたしの知ってる優しい王子様みたいな千景くんの行動とは思えない。

　見た目こそ変わったものの、中身は昔のまんまだから余計に。

「桐ケ谷が綾乃をね〜！」

「そんなんじゃないよっ……！」

「いやいや、なに言ってるの。わざわざあたしに虫除けになれって言うくらいだよ？　よっぽど心配なんだよ」

「さっきのは千景くんの冗談だと思う」

「目立ったり騒がれるのが誰よりも嫌いな桐ケ谷が、冗談でわざわざ一般の教室にきて、仲良くもないあたしなんかにあんなこと言わないって」

　さっきから柚は誰の話をしているのかと疑うほど、わたしの中の千景くんの印象からかけ離れていく。

「ま、桐ケ谷がそこまで心配する気持ちもわからなくはない、かな。綾乃って超絶天然だし、かなり抜けてるもんね。教室まできたのは、周りへの牽制《けんせい》の意味もあったんだよ」

　そう言って柚は教室の後方へと目をやる。

　つられて視線を向けると、何人かの男子たちが輪になってこちらを見ていた。

「やっべ、こっち見てる」

「マジでかわいいよな」

「でも、桐ケ谷が相手じゃ勝ち目ないわ」

　わ、目が合っちゃった。

　3秒……！

　とは思ったものの、男子たちの方から先に視線をそらしてきたのでホッとする。

「ふふ、早速効果覿面《こうかてきめん》だね。あたしが見張らなくても、十分に威力ありだわ」

　柚がなにを言ってるのかがよくわからなくて首をかしげた。

「あはは、こっちの話」

　えへっと可愛く笑う柚を見ながら席に着き、カバンの中のものを机にしまっていく。

「ねぇねぇ、色々聞きたいこともあるし、今日の帰りどっか寄ってかない？」

「わぁ、いいね。あ、でも……」

　柚からの提案に乗ってしまったあとに、ふと気づく。

　登下校はなにがあっても千景くんと一緒にしなきゃいけないんだ。

「なに？　どうかしたの？」

　千景くんとの約束があることを告げると柚はまた大きく目を見開いた。

「まさか、そこまで徹底してるとは。まぁ、さっきの桐ケ谷なら、やりそうなことよね」

　そう言いながら若干引いているらしい柚の顔が引きつっている。

「待ってね、聞いてみるから」

「ううん、いいのいいの。無理しないで」

「無理なんてしてないよ。わたし最近こっちに戻って来たばっかりだから、遊ぶところとか案内してもらえると嬉しいな」

　柚は学校から徒歩５分のマンションに住んでいると言ってたから、このあたりには詳しいはずだ。

　それにね、わたし自身ももっともっと柚と仲良くなりたいってそう思ったから。

　千景くんにちゃんと聞いてみよう……！

　昼休みに入って、間抜けなわたしはハッとした。

　お弁当……持ってくるの忘れた……！

　というよりも、すっかり頭から抜け落ちていた。

　お財布は持ってきたから、購買部に行けばなにか買えるかな。

「綾乃～、あたし購買行くけどどうする？」

「わたしも行く～！」

　なんて話していたら、廊下の方からざわめく声が聞こえた。

　そのすぐあとに教室に入ってきた人物を見てあ然とする一方で、なるほどなとざわついていた理由に納得もする。

「綾乃、昼飯にしよう」

　わたしの目の前に何人で食べるんですか？　というほど大きな３段重の包みをちらつかせる千景くん。

「今から柚と購買に行こうと思ってて」

「もちろん綾乃の分も作ってもらったから、一緒に食べよう？　今届いたばっかだから、まだ温かいよ」

　え、わたしの分もその中に入ってるの？

　嬉しい申し出だけど恐縮しちゃう。

　本来ならそこまで優遇される筋合いなんてないのに、甘やかされすぎだよね。

「よかったら一ノ瀬も一緒にどう？」

「あたしも？　っていうか、朝も思ったけどあたしの名前知ってんの？」

「まぁ、ある意味有名だからね。弁当はたくさん用意してもらったし、俺の友達も１人いるから遠慮なく」

「そういうことならご一緒させてもらおうかな。なんだか色々気になるし」

　柚は千景くんの申し出を受け入れた。

　わたしだけ行かないとも言えず、結局２人と一緒に教室

を出ることに。

　そして着いたのは4階にある空き教室の一室で、ホームシアター並みの大きなテレビや高級なソファ、テーブルなどが置かれていた。

　カーテンも重厚で高級感満載だ。

　明らかに普通の教室じゃなくて、特別室のような部屋。

「なにここ？　すごくない？　明らか経費の無駄遣い」

「しーっ、柚。思っても言っちゃだめ！」

　2人でドア前に立ち尽くしていると中から呼ばれてしまった。

「おーい、早く入って座りなよ」

　わたしたちを呼んだのは千景くんではなく、すでに部屋にいた千景くんの友達らしき人。

　千景くんとはまたタイプがちがったプリンス級のイケメンさん。

　色素の薄い栗色の髪を手でファサッとなびかせている姿は、まるでおしゃれな外国映画のワンシーンのよう。

「えっ!?」

　イケメンさんは部屋に入ってきたわたしたちを見るなり、なぜか驚いた表情を見せた。

　わたしのうしろにいる柚をじっと見て、しばし放心している。

　な、なんだろう？

　柚と首をかしげながら、空けてくれていた2人掛けのソファに並んで座る。

「おい、省吾。なんでお前が俺の横に座るんだよ」

「だって俺、一ノ瀬さんがくるとか聞いてないし。隣とか、ほんと無理だからっ……！」

　２人はなにやらコソコソ言い合っていて、こっちにまで会話が聞こえてこない。

「こいつ、俺の友達」

「東条省吾だよ。よろしくね、綾乃ちゃん」

　ペコリとスマートにお辞儀されて、つられてわたしも頭を下げる。

　なんというか雰囲気が柔らかくて、紳士的なイメージの人だな。

　だけど……。

「いいいい、一ノ瀬さん、東条です。よろしくお願いしますっ！」

　今度はなぜか立ち上がって、東条くんは体を直角に折り曲げた。

　そのまま床にでも着きそうな勢いだ。

「ぶっ、大げさすぎるんですけど。なんでそんなにキョドってんの？」

「ききき、緊張しちゃって……！」

「緊張？」

「ま、眩しすぎて……、目を開けるのに精いっぱい……！」

「あはは、東条くんっておもしろーい！」

　おかしそうに笑う柚を見つめる東条くんが目を見開いた。

「と、東条くんって……一ノ瀬さん、俺の名前知っててくれたの？」

「当たり前じゃん。有名人だかんね。逆にあたしの名前知ってたんだ？」

「いいいい、一ノ瀬さんも、有名人なのでっ！」

「あはは、あたしが一？　どうせ、ガサツとか男っぽいとかそっち系でしょ」

　ウッとなにかに射抜かれたように左胸を押さえて、ダメージを受けているような仕草をする東条くん。

　そのうちに、顔がみるみる真っ赤に染まっていった。

　明らかにわたしのときとは態度がちがいすぎるっ……。

「省吾はバカだからな。気にしないでやって」

「え……？」

「おい、千景一！　バカってなんだよ、バカって」

「うるさい」

「うわ、冷たい。綾乃ちゃん、千景みたいな男でいいの？」

「綾乃ちゃんって呼ぶな」

「つれないねー。優しいのは綾乃ちゃんに対してだけかよ」

「当然だろ」

　無表情の千景くんとぶつくさ唇を尖らせる東条くん。

　2人はとても仲が良さそう。

　淡々としたように聞こえるけど、お互いのことを知り尽くしているのが端々からうかがえる。

　きっと、仲良しだからこそだよね。

「うわぁ、美味しそう！」

　千景くんが広げた３段重の中身は、わたしの大好物ばかりだった。

「目、輝きすぎな」

「だ、だって、ハンバーグにエビフライに唐揚げに出汁巻き玉子でしょ？　シャケとたらことおかかのおにぎりまで！　いいとこ総取りしたようなお弁当なんだもんっ」

「はは、なにそれっ」

　千景くんにクスクス笑われて、恥ずかしさでいっぱいになっていく。

「綾乃、この卵焼きキャビアが挟んであるよ。こっちにはフォアグラも！　生ハムメロンまで。他も高級食材ばっか」

「キャビア……、フォアグラなんて食べたことない。生ハムメロンなんておしゃれだね」

「さすが桐ケ谷って感じ。生ハムメロンはどうかと思うけど」

「お、美味しそう」

「好きなだけ食っていいよ。俺はそんな綾乃を見てるだけでお腹いっぱい」

「なに言ってるの。ダメだよ、ちゃんと食べなきゃ。特Ｓクラスは授業でも頭使うんだから、しっかり栄養摂って！」

「綾乃が食べさせてくれるなら食べるよ」

「ええっ!?」

　な、なに言ってるの、千景くんっ。

「は、恥ずかしいよ……っ」

　カァッと顔が熱くなって、両手で頬を覆う。

「ねぇ、あたしらがいること完全に忘れてるでしょ？」

　柚にクイッと腕を引かれ、耳打ちされてハッとした。

「ごめん！」

「いやぁ、まぁ、いいけどさ。桐ケ谷のキャラが崩壊しまくってて怖いんですけど」

「いい、一ノ瀬さん！　俺たちは気にせずに食べましょう……！」

「東条くんもなんだか変だし。なぜ敬語？　あたし、ビビられてるのかな？」

　柚がじっと見つめると、耐えきれないとでもいうように真っ赤になりながら目を伏せる東条くん。

　わぁ、耳まで真っ赤……。

　東条くんって、すごくわかりやすい。

「あたしって、そんなに怖い？」

　本気でショックを受けてるらしい柚に、わたしはにっこり微笑んだ。

「ちがうんじゃないかな？」

　むしろその逆というか……。

　見ていてなんだか微笑ましい。

　みんなで千景くんのお弁当を食べた。

　とっても美味しくて、ついつい食べすぎてしまった。

「千景くん、ごちそうさま」

「俺までごちそうになっちゃって」

「あたしもごちそうさまでした。美味しかったー！」

　みんなで食べたらちょうどいい量で大満足。

　お腹も満たされて、しばらくすると眠くなってきた。

「俺に寄りかかっていいよ」

　うとうとしていると、いつの間にか隣にいた千景くんが腰に手を回してわたしの体を引き寄せた。

　ふわっと柑橘系の匂いがして、急激に鼓動が跳ね上がる。

「や、あの、千景、くん……？　恥ずかしいので」

「綾乃は恥ずかしがりやだね。でも、そんなところも可愛い」

　うっ……。

　免疫がなさすぎて、過剰に反応してしまう心と体。

　顔が熱くて、鏡を見なくても真っ赤なのがよくわかった。

「おいおい、学校でいちゃつくの禁止」

「ほーんと、桐ケ谷って……甘っ」

「いいだろ、ほっとけよ」

　ムスッと唇を尖らせる横顔が、やけに子どもっぽく見える。

「あ、そうだ。今日柚と寄り道して帰ってもいいかな？」

「え？」

「だめ？　この辺案内してもらおうと思って」

　首をかしげて、千景くんの目をまっすぐに見つめる。

「そんな顔されたら……だめなんて言えないだろ。わかった、俺も行く」

「えっ！」

　千景くんも？

「じゃあ東条くんもきなよ」

「おおおお、俺も!?」

「ほんとは綾乃と2人がよかったけど、3人って微妙だし。それなら4人の方がまだマシ」

「いいいい、一ノ瀬さんとデート……！」

「やだ、デートだなんて言わないでよ。ただの親睦会」

「は、はいぃ……」

　プシューッと音でも立てそうなほど真っ赤になった東条くん。

　4人で出かけることになり、午後の授業も無事終わって迎えた放課後。

　目立つのが嫌なので、待ち合わせ場所は学校の最寄りの駅にしてもらった。

　ちなみに特Sクラスの2人はまだきていない。

「この辺ってわりと都会なんだね」

「まぁね。あ、ここ、ちなみにあたしが住んでるマンションね」

　駅前のタワーマンションを指差して柚が言う。

「す、すごい。お嬢様じゃん」

「ぜーんぜん。ただ親が所有してるマンションってだけだよ」

　いやいや、十分すごいよ……。

　柚ってふとしたときの仕草や振る舞いが、一般人のわたしとはちがってお上品というか美人でオーラがある。

　それなのに気取ってなくてサバサバしてるし、気遣いができて優しい。

　ほんとこんなにいい子と友達になれてよかった……。

　なんて思いながら前を見たとき、男子高校生２人組がジロジロとこちらを見ながら近づいてきているのがわかった。

「ねぇねぇ、きみたちめちゃくちゃ可愛いね」

「よかったら、俺らと遊びに行かない？」

　学ランを派手に着崩して、髪も明るく染めてピアスをしている２人組。

　目つきが鋭くて、なんだかちょっと怖い。

「あたしたち人と待ち合わせしてるんで～！　ごめんなさーい」

　固まるわたしの横で柚が答える。

「えー、いいじゃん。遊ぼうよ」

「俺たちとの方が絶対に楽しいからさっ！」

　ひとりの男の子がわたしの腕をつかんだ。

「……っ！」

「ほら、行こ行こっ」

「あ、ちょっと！　綾乃に触らないで！」

「へえ、きみ、綾乃ちゃんっていうんだ？　名前まで可愛いね」

　不気味に微笑まれて、背筋がピシッと凍る。

「人がいないところに行こうよ」

　や、やだ……。

　ゾゾゾッと鳥肌が立って恐怖が襲ってきた。

　こ、怖い……。

「気安く触るな」

　低い声が聞こえたかと思うと、わたしの腕をつかんでいた男の子がうっと呻き声を上げた。

　手がパッと離れたすきに、派手な男の子との間にスッと人が……千景くんが割り込んできた。

「な、なんだよ、お前！」

　背中で隠すようにして、わたしを守ってくれる千景くん。

「なにって、彼氏だけど。俺の綾乃になんか用？」

　ヒヤッとさせられるほど低い千景くんの声は、顔を見なくても怒っているんだとわかった。

　そ、それにしても、彼氏……!?

「……くそっ、イケメンだなっ」

「こいつどっかで見たことあるわ、俺。たしか、どっかの有名な……」

「俺から綾乃を奪うってことは、それ相応の覚悟ができてるってことだよな？」

　さらに声を低くした千景くんの周りに、黒いオーラが漂っていく。

「こいつ、あれだよ。財閥の……関わるとやばいヤツ」

「ひいぃぃ……！　す、すみませんでしたー！」

「俺ら、なんも関係ありませーん……！」

　青ざめながら猛ダッシュで逃げて行く男の子たち。

　す、すごい、一瞬で撃退しちゃうなんて。

　千景くんって、他校生の間でも有名なんだ。

「綾乃、大丈夫か？」

　よかった、千景くんが来てくれて。

　ホッと胸を撫で下ろしたとき、足から力が抜けて体がよろけた。

「っと」

　そんなわたしの体を支えてくれる千景くんに、トクンと胸が高鳴る。

　千景くんに触れられると、不思議と、ドキドキさせられる……。

「これだから目が離せないよ。もう外で待ち合わせるのは禁止。これからは俺の目が届く範囲にいてもらう」

「え……？」

「嫌だとは言わせないから」

　もう怒ってはいないようだったけれど、威圧感たっぷりにものすごいことを言われてしまった。

「綾乃を危険な目に遭わせたくないんだ」

　千景、くん……。

「そばにいてくれないと、守れないだろ？」

　どうしてわたしなんかのために、そこまで優しくしてくれるの……？

「い、一ノ瀬さん！　大丈夫でしたか？」

　千景くんより少し遅れて登場した東条くんが、真っ先に柚に駆け寄った。

「あたしは全然へーきだよ」

「ほ、ほんとに？」

「うん！」

「よかった。もし一ノ瀬さんになにかあったら、自分が許

せなくなるところだったよ」

「え？　なんで？」

「それは、えと、あの」

　キョトン顔で詰め寄る柚に、たじたじの東条くん。

「行こうぜ、あいつら置いて」

　ギュッと手を握られて、驚いて千景くんの横顔を見上げる。

「あの、手……」

「ん？」

　笑ってるけど有無言わさない圧力。

　う……。

　恥ずかしい……。

　でも、嫌じゃない。

　むしろ心地よくて、千景くんの隣はなんだか落ち着く。

　弾む心臓の音が聞こえていませんようにと、心の中で祈るしかなかった。

俺だけのそばに～千景side～

　駅の近くのカフェへとやってきた俺たち。

　店内をざっと見渡して、危険因子がないかを瞬時に探る。

　すると近くのテーブルの男たちが綾乃を見てヒソヒソ言ってるのがわかった。

「ちっさくて、可愛い～」

「もうひとりの子も美人だよな！」

「多摩百合レベルだけ～！」

　見るんじゃねーよ。

　だんだんといらだちが募っていく。

　できれば誰の目にも触れさせたくない。

　俺だけのそばにいてくれたら、それでいいのに。

　綾乃のためなら、なんだってしてやる。

　望むことも全部、叶えてやりたい。

　自分のすべてを犠牲にしてでも守りたいのは綾乃だけ。

　男たちの視線を遮断するように、隙間もないほど密着して綾乃の腰に手を回す。

　すると驚いたように肩をビクンと揺らして、まんまるの瞳をこちらに向ける綾乃。

　その顔がたまらなく可愛いってこと、きっと綾乃はわかっていない。

　これだけあからさまにしても、綾乃にはちっとも伝わらなくて俺だけがひとりでヤキモキしてる。

　綾乃以外は全部同じで、目にも入らない。

　５歳の時から、俺の世界のすべては綾乃だった。

　なぁ、わかってんの？

　こんなにも好きだってこと。

「ちょっとお手洗いに行ってくるね」

「じゃあわたしも！」

　離れて行く綾乃のあとを追いかけようとして、思いとどまる。

　さすがにそこまですると、引かれるよな。

「冷徹王子だと言われてたお前が、綾乃ちゃんにそこまでぞっこんだとはね〜！」

　ニヤッとしながらからかってくる省吾が憎たらしい。

「お前だって一ノ瀬相手に言動がおかしくなってんぞ」

「だだ、だって、一ノ瀬さんだよ？　俺、小等部のときから知ってるんだけど、めちゃくちゃいい子なわけ。喋（しゃべ）ってみるとますますヤバい……っ」

「バカだな」

　女子たちの間で爽やかイケメンプリンスと言われてる省吾の腑（ふ）抜（ぬ）けた顔を見たら、その称号は今すぐにでも剥奪（はくだつ）されそうだなと思った。

　処世術（しょせいじゅつ）に長（た）けている省吾は、他人の懐に入り込むのが桁外れにうまい。

　人の扱いに慣れ、手のひらの上で意のままに操る、いわばトップに立つ素質を兼ね備えた男。

　そんな省吾がここまで女子を褒めるのも珍しく、どちら

かというと俺みたいに冷めたタイプだと勝手に想像していた。

　それなのに、一ノ瀬相手だと人格が変わってしまったんじゃないかと目を見開くレベル。

　どうやらこいつも、普通の男だったみたいだ。

「俺らのBL疑惑もこれで晴れるし、一石二鳥だなっ！」

「やめろ……想像したくもない」

　思わず頭を抱えてしまう。

「ふはは、千景って相変わらず真面目だな。俺はそんなお前が好きだ」

「俺はお前に興味ない」

　好きとか言うな、寒気がするから。

「おい、そこは同意して友情育（はぐく）もうとしろよ」

「それより、向こうのテーブルの男どもが一ノ瀬狙ってんぞ」

「は？　どいつ？　徹底的に調べ上げて社会から追放してやる」

　こいつなら、本気でやりそうだから笑えない。

　まぁ俺も、綾乃のためなら権力だろうがなんだろうが使えるものは全部使うけど。

「お待たせ、ごめんね」

　２人が戻ってきたタイミングで、注文していたフレンチトーストが運ばれてきた。

「わー、美味しそう！」

　SNS映えしそうなフレンチトースト撮影会が、女子２

人の間で始まる。

　あんなに嬉しそうに笑って、よっぽど甘いものが好きなのか。

　いつかその笑顔を俺にも向けてほしい。

「ん〜、美味しい！　千景くんも食べてみる？」

「いや、俺はいいから綾乃が食べなよ」

　綾乃が喜んでくれることが俺の幸せ。

　美味しそうに食べる姿を見ているだけで、心が満たされて胸までいっぱいになる。

「綾乃、こっちも食べてみて」

「ありがとう柚。わたしのもどーぞ」

「きゃあ、美味し〜……！」

「だよねだよね、ほっぺた落ちそう〜！」

　大げさに言って頬を両手で覆う綾乃が、可愛く笑った。

　やばい、尊い……。

　ふと省吾を見れば、一ノ瀬を見てだらしなく頬をゆるめている。

　俺もこんな顔してんのか？

　……ちょっと情けないな。

　でも、勝手にそうなるんだから仕方がない。

　カフェのあとは、用事があるという一ノ瀬に合わせて解散することになった。

「じゃあまた明日ね！」

「バイバイ、柚」

「じゃあね、綾乃ちゃん。千景も」

　当然のように省吾が一ノ瀬と一緒に帰って行く。

「このあとどっか行く？」

「うん！　向こうのね、雑貨屋さんが可愛いなって、通ったときから気になってたの。ちょっと覗いてもいい？」

「もちろん」

　雑貨屋さん、ね。

　頭の中にまたひとつ綾乃に関する情報を刻む。

　そうしてどんどん思い出を増やして、綾乃の中で俺がかけがえのない存在になればいい。

　綾乃は俺のだから誰にも渡さない。

　そう……絶対誰にも。

TURN＊2

身の程知らず

それから2週間、千景くんのお家での生活にも、学校生活にもずいぶん慣れた。

専属メイドとは名ばかりで、なに不自由なく快適に暮らしている。

なんでもしてもらえる当たり前の生活はさすがに申し訳ないので、お庭のお手入れを時々手伝わせてもらってるんだけど、もう少し他にも何かできたらなとは思う。

とはいっても、多摩百合学園は一般クラスでも学力が高いので普段の授業についていくので精いっぱい。

予習や復習、課題なんかもたくさんあったりする日があるから、帰ってきてからお仕事なんてしてる余裕がないのも事実。

だから今の状態はかなり助かっているんだけれど……。

受験勉強もすごく苦労したから、入ってからも大変だろうなって覚悟はしてたけど……大丈夫かな。

「綾乃」

リムジンの送迎でお家に帰ってくると、突然千景くんに腕を引かれて振り返らされた。

「あとで俺の部屋にきて」

「え?」

「明日小テストがあるんでしょ? 綾乃は英語が苦手だから、俺が教えてあげる」

　あれ？

　わたし、英語が苦手だなんて千景くんに話したっけ？

　小テストのことも、なんで知ってるんだろう。

「千景くんだって勉強があるでしょ？　邪魔できないよ」

「だめ。多摩百合はたとえ小テストだろうと成績に響くし、補習なんてことになったら大変だから」

　わたしの心配をしてくれてるってことだよね。

　なんだか、申し訳ない……。

「わかった？」

　そう言い切られて、まっすぐな目で見られちゃったら当然だけど断ることなんてできなかった。

　──コンコン。

　中扉から千景くんの部屋に向かってノックする。

　──ガチャ。

「どーぞ」

「あ、うん！　失礼、します」

　そういえば、千景くんの部屋に入るのって初めてだ。

　正方形の広い部屋の隅っこにベッドがあって、家具は全部モノトーンのもので統一されている。

　千景くんにピッタリなおしゃれな空間だ。

「こっち座って」

　ポンポンと千景くんの横のソファを指されて、黒いソファの端っこにちょこんと腰を下ろす。

　すると、膝がくっつくくらい距離を詰められた。

　ち、近い……。

　それに男の子の部屋なんて初めてだから、緊張する。

　勉強モードの千景くんは、いつもとちがって少しだけクール。

　しなやかな指先でシャーペンを動かす動作に、思わず見惚れてしまう。

　英文をすらすらっと書いて、早いのにきれいですごく読みやすい。

　教え方や発音もうまくて、授業を聞いているより断然わかりやすかった。

「どう？　理解できた？」

「うんっ、先生よりわかりやすかった……！」

　これで明日の小テスト、できそうな気がするっ！

「ありがとう、千景くん」

「いーえ、お役に立ててよかったよ」

　勉強モードから一転、わたしの声ににっこり微笑む千景くん。

　思わずその笑顔に見惚れてしまう。

　千景くんはいつも余裕がたっぷりだ。

　男らしくてカッコいい千景くん。

　わたしが知ってる千景くんは、5歳のときの可愛い千景くんだもんね……。

　10年近く会ってなくて、久しぶりに再会したら見知らぬ男の子になってるなんて。

　わたしが知らないことの方が多くて当然だ。

　今の千景くんはたくさん色んな経験をして、女の子の扱

いだって慣れてるよね、きっと。

「なに考えてんの？」

「へっ？」

　至近距離にある千景くんの整った顔に、体温が急激に上昇する。

　なんの抵抗もなく顔を近づけてくるなんて、心臓に悪すぎるんだけど。

「ち、千景くんは慣れてるなぁと思って……」

「慣れてる？」

「女の子の扱い、とか。わたしは、千景くんがそばにいるだけで落ち着かないのに……」

「べつに慣れてるわけじゃないけど。それより、俺といると落ち着かないんだ？」

　イジワルな笑顔。

　もしかしてわたし、墓穴掘った？

「なんで落ち着かないの？」

「そ、それは……」

　どうしよう。

　改めて口にするのって、めちゃくちゃ恥ずかしい。

　思わず近くにあったクッションをギュッと抱きしめる。

　ちゃんと答えてと言わんばかりの千景くんの視線。

「聞こえてる？」

　わざとらしく耳元で囁くなんて、そんなのずるい。

「綾乃？」

　ううっ。

　話すまでじっと待ってる千景くんに、とうとうわたしが折れた。

「千景くんって絵本に出てくる王子様みたいで、カッコいいんだもん……っ」

　こんなこと、男の子に言ったの初めて。

「千景くんといたら、ドキドキしすぎて落ち着かない……心臓がブワーッて……うまく、言えないけど」

　耐えられなくて、クッションに顔を埋める。

　わたしったら、なにを言ってるの……っ。

　でもほんとのことだから、カァッと体が熱くなって耳にまで熱が伝染する。

「やばっ」

　聞こえたのは千景くんの戸惑うような声。

「ほんとやめて、そーいうの」

　え……？

　なんだか、焦ってる？

　恐る恐るクッションから顔を離して、千景くんを見てみると。

「！」

　ま、真っ赤……。

　わたし以上か、同じくらい。

　照れて、る？

　千景くんが？

　真っ赤な顔を伏せてうつむく千景くんを、思わずまじまじ覗き込む。

「カッコいいとか、反則だから」

　まさか、千景くんのこんな顔が見れるなんて。

「で、でも、ほんとのことだよ。千景くんは、わたしの憧れっていうか……手の届かない存在だから余計に」

「届くよ」

　──ドキッ。

　千景くんがわたしの手をつかんだ。

　昔はなにも気にせずに手を繋いでたのに、今はもう意識せずにはいられない。

　男の子らしくて、大きな手……。

「ほらね、簡単に届いた」

　……千景くんは男の子なんだ。

　そんな当たり前のことを、ひしひしと実感させられる。

「だからさ、憧れとかじゃなくて……」

　熱っぽい表情の千景くんから目が離せない。

「べつの意味で俺にドキドキしてよ？」

　胸の鼓動がありえないほど高鳴って、わたしの顔もさらに真っ赤。

「それに、そんな顔されたらさ……」

　慣れた手つきでそっとわたしの髪に触れる千景くん。

「いつまでも待てる自信なんて、ないよ？」

　わたしの髪を口元まで持っていき、唇に当てる。

「……っ」

　その仕草があまりにも色っぽくて……心臓がキュウッと音を立てた。

　落ち着かなくてそわそわして、照れくさくなって、うつむこうとすると。

「慣れて、ないけど……？」

　耳を澄まさないと聞こえないほどの声音で言ったあと、千景くんが自分の左胸にわたしの手のひらを当てた。

「綾乃が相手だと、いつもこうだから」

　分厚い胸板に触れて、ひときわ大きく心臓が跳ねる。

　──ドキドキドキドキ。

　だけどそれと同じくらい千景くんの心音も速い。

　ドキドキしてるの……？

　どうして？

　千景くんがこんなことをする理由も……わたしがドキドキしてる理由も全部、わからないよ。

　次の日。

　朝、いつも通りに身支度を整えて部屋を出る。

　昨日あのあとずっとドキドキしっぱなしで、勉強なんて手につかなかった。

　でも多分きっと、今日の小テストは大丈夫。

　小テストよりも、今はもっと他に、大丈夫じゃない問題が……。

「おはよう、綾乃」

　──ドキン。

「お、おはよ」

　たまたま同じタイミングで部屋から出てきた千景くん

が、爽やかに微笑んだ。

　わたしも挨拶を返して、笑ってみせる。

　こういうとき、一緒に住んでると困りものだよね……。

　どういう反応をすればいいか、わからないんだもん。

「なにボーッとしてんの？」

「へっ!?」

「早くしないと遅刻するよ」

「う、うん！」

　千景くんは至って普通で、朝食を食べてるときも、リムジンで送迎されてるときも、いつもとなんら変わりなかった。

　意識してるのって、わたしだけ……？

　千景くんは慣れてるから、昨日のことなんて当たり前のことなんだ。

　そう考えると少し落ち込んでしまう。

「じゃあまた、お昼休みにね」

　わたしを教室まで送り届けたあと、にこやかに手を振って去って行く千景くんの背中を、いつまでも見つめ続けた。

「はぁ」

「どうしたの？　ため息なんかついて」

「あ、柚！　おはよう」

「桐ケ谷のことで悩みごと？」

「べつに、そんなんじゃ……」

　ニヤニヤして、わたしの言葉なんて信じていない様子の柚。

「ほらほら、正直に白状しちゃいな〜！」

「……っ」

　柚には千景くんのお家に住んでることも、幼なじみだってことも話していないので、どこまで話そうかと悩む。

　うむむ。

「冗談抜きでさ、本気で悩んでるなら話くらい聞くし、茶化したりしないから気軽になんでも話してよ」

「ゆ、柚……」

「無理にとは言わない。話したくなったときでいいからさ」

　なんて優しいんだろう。

　柚の優しさに胸が熱くなっていく。

「悩みごとっていうか、千景くんのことが自分でもよくわからなくて……」

　千景くんのよくわからない言動は伏せて、これまでのことを正直に柚に打ち明けた。

　最初は黙って聞いてくれていたものの、話が進むに連れてだんだんと柚の目が輝きを帯びてくる。

「まさかまさかの、桐ケ谷と幼なじみ!?」

　柚は両手で机をバンッと叩いた。

「しかも一緒に住んでる？」

　そしてグッと顔を寄せてくる。

「なにその漫画みたいな展開は！」

　最後にはわたしの肩をつかんで、激しく揺さぶってきた。

「まさかそこまで予想外だとは思わなくて。でも納得だよ、桐ケ谷が綾乃に執着してる理由が」

そう言われても、わたしには全然わからない。

「幼いときからの存在って、絶対的なものだと思わない？」

わたしの前の空いてた椅子に座りながら、柚は自分の金髪を指で弄ぶ。

「特別な目で見ちゃうのもわかる気がするな。ま、大事にされてるってことだね。桐ケ谷はちょっと、異常すぎる気もするけど」

異常……。

柚のはっきりズバズバ言うところは、潔すぎて、悪意がないせいか、むしろ清々する。

思ったことがそのまま素直に口に出るタイプなんだろうな。

はっきり言ってもらう方がわかりやすいから、わたしとしては助かる。

「今の綾乃は、幼なじみに男を感じて、戸惑ってるってところ？」

「そ、そんなんじゃ……」

ないって言っても、きっと柚にはバレバレなんだろうな。

男の子の千景くんを、わたしはまちがいなく意識してるし……。

だけど千景くんの本心がどこにあるかわからないから、モヤモヤしちゃっているのかも。

お昼休み。

いつものように如月さんが届けてくれた、できたてのお弁当を食べた。

そして、ふと時計を見たとき。

時計の針が50分を指そうとしてるのを見てハッとした。

「ごめん、わたし図書委員の集まりがあるから先に行くね！」

千景くん、柚、東条くんの３人に断ってから、空き教室を出た。

つい先日のホームルームのとき、委員会決めのくじ引きで、図書委員に当たってしまった。

今日は全学年の図書委員メンバーとの初顔合わせの日だから、なにがなんでも遅れるわけにはいかない……！

ダッシュで教室に戻って、筆記用具とメモ帳を机から取り出す。

「成瀬！」

「あ、今野くん。今から行くんだよね？」

「おう、一緒に行こーぜ」

今野くんはスラッとした高身長のクールな男の子。

サッカー部に所属していて、聞くところによるととてもうまいらしく、レギュラー入りも遠くないんだとか。

明るくて優しい彼の周りには、いつもたくさんの人が集まっている。

そんな今野くんは、いわゆるクラスの人気者だ。

「時間やばいな。成瀬、急ぐぞ」

「……うん！」

人を避けながら早歩きで廊下を進む。

ひと気のない渡り廊下を小走りで進んでいると、足がも

つれて転びそうになった。

「きゃあ……！」

　体が前に傾いて──。

　こ、コケる……っ。

　とっさに頭がそう判断したとき、腕をガシリとつかまれて後ろに強く引っ張られた。

　背中がトンッと誰かに当たる。

「へーき？」

　すぐ近くで今野くんの声がした。

「ごご、ごめんねっ！」

　ひゃぁ、は、恥ずかしすぎる。

　きっと今のわたしは、とてつもなく情けない顔をしているはず。

　みっともないとこ、見られちゃった……。

　羞恥の極みで、顔がカァッと熱くなる。

「成瀬の体、軽すぎ。引っ張ったとき、一瞬空気かと思っちゃった」

　そう言って無邪気に笑う今野くん。

　笑うとえくぼができて、クールな印象から爽やかなイメージに変わる。

　なんだか、ゆるい人だな……。

　今野くんの笑顔に、だんだんと気が抜けてしまう。

「く、空気って、そこまで軽くないからっ」

「あはは、改めて近くに立つと意外と身長も低いんだな」

　体勢を整えながら、ふと今野くんの顔を見上げる。

　わ、こんなに背が高いんだ……。

　千景くんと同じくらいかな。

　サッカーをしているせいか、日に焼けて健康的な肌の色をしてる。

　サラサラの黒髪がスポーツ少年って感じ。

「あの、ありがとう……」

「ん、どういたしまして」

　今度はしっかり踏みしめながら、転ばないように走った。

　集合場所は図書室で、場所がうろ覚えだったこともあり、前を走る今野くんについていった。

　──ガラッ。

「失礼します」

　わたしたちが一番最後で、空いていた席に並んで座る。

「全員揃ったわね。じゃあ今から今年度初の委員会を始めます」

　まずは自己紹介から始まって、３年生の委員さんから２年生、１年生へと順番が回ってきた。

　わたしの番がきて名前を告げると、女の子たちからの視線が一斉にわたしに向けられた。

　入学してから学校内の至るところで好奇の目にさらされるのは、多分きっと、千景くんと一緒にいるせい。

「へえ、あの子が桐ケ谷くんのお気に入りなんだ」

「すっごい地味っ」

「あは、そう言っちゃ失礼だよ〜！」

　クスクス笑う声がした方を見ると、モデル並みのスタイ

ルの美女が2人、優雅に脚を組みながら座っていた。

　そこだけ絵に描いたような空間で、明らかに浮いている。

　きっと特Sクラスの人だ。

　見分けがつくほどには、学校生活にも慣れたつもり。

　だけどコソコソ言われるのは……まだちょっと慣れない。

　他の人にだって聞こえているはずなのに、みんな関わりたくないのかスルーしている。

「気にしない方がいいよ。なにを言われても雑音だと思っときな」

　隣で今野くんが、わたしに耳打ちしてくれる。

　雑音……そんな捉え方もあるんだ。

「俺もサッカーの試合のとき、周りの歓声とかブーイングは雑音だと思うようにしてるんだ。そうすると楽だから」

　すごい……今野くんって意外と大人かも。

　そっか、そうだよね、雑音。

　今野くん、すごいっ。

　そう思うようにすると、なんとなく心が軽くなった。

「ねぇ」

　委員会が終わって教室に戻ろうとすると、さっきの女の子たちに話しかけられた。

　な、なんだろ。

　思わず身構えたとき、2人のうちのひとりが口を開いた。

「桐ケ谷くんと付き合ってるの？」

　穏やかな口調なのに目が笑ってなくて、威圧感がすごい。

「正直言って、釣り合ってないよ？」

「身の程知らずって言葉の意味、さすがに知ってるよね？」

　凶器のような鋭い言葉が、グサリと胸に突き刺さる。

　初めて話す人にここまで敵意をむき出しにされるのは初めてだ。

　さすがにこれは雑音だとは思えなくて、胸にズシンとダメージを負う。

　こういうの、漫画やドラマの中だけのことだと思ってたけどほんとにあるんだ……。

「あんまり近づかないでくれる？」

「桐ケ谷くんだって、迷惑してるんじゃないのかな？」

　迷惑……。

　千景くんが？

「世界的にも有名な桐ケ谷財閥の御曹司と、なんの取り柄もない一般人」

「凡人は凡人らしく、同じレベルの人間と恋愛してりゃいいのよ」

　身の程知らず……。

　言い返す言葉を見つけられずにいると、今野くんがわたしの前にすっと体を滑り込ませてきた。

「恋愛なんて本人たちの自由だろ。それを周りがとやかく言うのは、どうかと思うけど？」

　こ、今野くん……。

「なにこの人」

「うざいんですけど」

　ど、どうしよう、巻き込むつもりなんてないのに……。
「あなたには関係なくない？」
「そうだよ。あたしたちは現実をわからせてあげてるだけ
なんだから」
　強気な態度を見せる女の子たちに、オロオロすることし
かできないわたし。
　今野くんは怯むこともなく、背中でわたしを庇いながら
凛としている。
「身の丈に合わない恋愛は、やめた方がいいわよ？」
「どうせ桐ケ谷くんだって、本気じゃないんだし」
　キリキリッと胸が痛む……。
「今野くん……」
　とっさに腕を取って、後ろへ引いた。
「い、行こ？」
「え、でも」
「いいから」
　せっかく助けてくれたのに、今野くんまで悪く言われる
のが心許なくて、気づくと彼の腕を引いて歩いていた。
「お似合いじゃん」
「これなら心配する必要もなかったね」
　あはははとあざ笑う女の子たちの声が聞こえて、耳を塞
ぎたい衝動に駆られる。
　渡り廊下に差し掛かったとき、ようやく笑い声が聞こえ
なくなった。
「ご、ごめん……っ！」

　今野くんの腕をつかんだままだったのを自覚して、パッと手を離す。

　あまりの動揺っぷりに、今野くんに笑われてしまった。

　うぅ、恥ずかしい……。

「あの、巻き込んでごめんね……」

「俺はいーけど、成瀬は大丈夫？」

　わたしの心配までしてくれるなんて。

「うん……大丈夫、だよ」

「とてもそんな風には見えないけど？　ま、あんまり思い詰めるなよ？」

　今野くんは優しい。

　だけど、あの子たちが言ってることはまちがっていない……。

「モテる男の彼女ってのも大変だな」

　毎朝のように千景くんが教室まで送ってくれるので、同じクラスの今野くんがそう勘違いするのも無理はない。

「彼女じゃないよ」

「え？」

「わたしは、千景くんの彼女なんかじゃないから」

　彼女だなんて、おこがましいにもほどがある。

　わたしなんかが彼女だと勘違いされることだって、千景くんに対して申し訳ない。

　千景くんにはもっと可愛くて、きれいで……身の丈に合ったふさわしい人がいるはずだ。

　その日の放課後、千景くんが来るよりも先に教室を出よ

うとすると、ドアのところで今野くんに呼び止められた。

「さっき言い忘れたんだけど、図書委員の当番のこと」

　明日から図書委員の本格的な仕事が始まる。

　最初の当番にわたしたちが当たることになったんだけれど、今野くんは放課後は部活があるらしくて図書室に顔を出せないらしい。

　だから昼休みを今野くんが、放課後はわたしが担当して図書委員の仕事を分担することになった。

　内容は主に本の貸し出しや返却作業。

　１週間ごとに、他のクラスの図書委員へと順番が変わっていくシステムだ。

「ごめん。部活がないときは顔出すようにするから」

「サッカー部って大変なんでしょ？　がんばってね！　当番のことは気にしなくていいからさ」

　申し訳なさそうに謝る今野くんに、にっこり笑ってみせる。

　２人で分担してやるんだから、申し訳なく思う必要なんてないのに。

　困ったように笑う今野くんに、大丈夫だよと何度も伝えた。

　するとホッとしたように、ようやく頬をゆるめてくれる。

「サンキュ。そう言ってくれて助かる。成瀬って、いいヤツだなっ」

「ふふ、なにそれ。単純」

　ニコッと白い歯を見せて笑う今野くんにつられて、わた

しまで笑ってしまった。

　今野くんがみんなに好かれる理由がわかる気がする。

　人の悪口とか言わないし、話してると心がふんわり温かくなるというか……いい人。

「もう大丈夫なのか？」

「え……」

　図書室で言われたことに対して、だよね。

「へーきだよ、ありがとう」

　心配させないようににっこり笑ってみせると、今野くんも少しだけ表情を和らげた。

「またあいつらになんか言われたら、俺に相談しろよ？じゃあな！」

「ありがとう……バイバイ！」

　カバンを肩にかけて教室を出て行く今野くんに笑顔で手を振る。

　今野くんの背中はすぐに角を曲がって見えなくなった。

「なに、今の」

　今野くんが去って行った方角とはべつのところから、低い声が聞こえた。

　そこには、廊下の壁に寄りかかりながらこっちを凝視している千景くんの姿。

「今の男、誰？」

　ひと目でそれがわかるほど、ひんやりとした空気をまとう千景くん。

「同じ図書委員の今野くんだよ？」

「今野……？　へえ」

　わたしの口から名前が出た途端、千景くんは怪訝に眉を
ひそめた。

「仲いいんだ？」

「普通、かな？　最近話すようになったんだ」

「それなのに俺に相談しろとか言われてたじゃん」

　うっ、聞かれてたんだ……？

　お昼休みの時は普通だったのに、今の千景くんはどう見
てもさっきまでとはちがう。

「なんであいつが綾乃にそんなこと言うの？」

「そ、れは……」

　特Sクラスの女の子たちに嫌味を言われて落ち込んでる
わたしを、心配してくれているんだよ。

　なんて、千景くんには口が裂けても言えない。

「俺には言えない？」

「なにも、ないから」

　沈黙がかなり気まずい。

　廊下を横切る人たちからの視線が突き刺さって、逃げ出
してしまいたい衝動に駆られる。

　耐えられなくなったわたしは、とっさに言葉を口にした。

「これからは、教室まで来てくれなくていいよ……みんな
に勘違いされちゃ、困るし」

　勘違いされて困るのはわたしじゃなくて、千景くんの方。

　分相応、身の程知らず、釣り合わない。

　そんな言葉が浮かんで、苦しくなる。

「ふーん。あいつに勘違いされたくないんだ？」

　一歩、また一歩と千景くんが距離を詰めてくる。

　じりじりと後ずさっていると、教室のドアにトンッと背中がくっついた。

　わたしの顔の横に手をついて、距離を縮めてくる千景くん。

　ドキドキと鼓動が高鳴るのを、止められない。

「悪いけど、そのお願いは聞けないな」

　全然笑ってなくてその言葉にはトゲがあるのに、どうしてだろう。

　千景くんの顔が、どこか寂しげに見えるのは。

「綾乃」

　喉の奥から絞り出したような声に、クラクラとめまいがしそうになった。

　惑わされてるそんな自分が、たまらなく嫌なのに……抵抗することができない。

　見つめ合ってたら廊下の奥の方から人の気配がして、無意識に千景くんの胸を押し返した。

　ほとんど力が入ってなかったせいで、あっさりと離れる千景くんの体。

　わたしは足元に視線を落としたままくるりと方向転換をした。

「か、帰る！」

　そう言い残し、パタパタと小走りでその場から走り去った。

　猛ダッシュで階段を駆け下りて、風通しがいい生徒玄関
まで一目散。
「はぁはぁ……」
　ローファーに履き替えて未だ高鳴る鼓動を抑え込もう
と、左胸に手を当てる。
　バクバクしすぎっ。
　それにしても、どうしよう……。
　逃げちゃった……。

負けたくない～千景side～

ドアについた手が力なく垂れ下がる。

思わせぶりな態度で、めちゃくちゃわかりやすく接してるのに綾乃には一向に届かない。

顔を赤くしていたりはするものの、それは俺に対して赤くなっているというよりも条件反射という感じで、俺を男だと意識している様子は……ない。

——つまらなかった俺の世界が輝き出したのは、綾乃と初めて出会った、5歳のときのある晴れた夏の日のこと。

ひとりで静かに過ごすのが好きだった俺は、広い屋敷にたくさんの人間が出入りしてるのを常日ごろから煩わしく思っていた。

周りに両親以外の大人が何人もいて、自分のお世話をしてくれる。

俺にとって当たり前だった環境が普通じゃないと知ったのは、多摩百合の幼稚部に通うようになってから。

『桐ケ谷』という名前には、圧倒的な力があった。

どこに行っても注目されて、好奇の目にさらされる。

そんな大人たちの態度は子どもにまで伝染して、先生を含めた全員が俺に気を遣ってた。

父親の仕事関係の人間に会う機会も多くて、俺を見てヒソヒソ話す大人たちがなにを言っているのかはわからなかったけど、向けられる視線はいつだって興味本位そのも

のの目。

　まるで、値踏みや査定でもするかのような……無遠慮な眼差し。

　桐ケ谷財閥の跡取りとしてふさわしいかどうかという、評価の対象でしかなかった俺。

　両親は俺にたくさんの愛情を注いでくれたけど、普通の家庭というものに強く憧れた。

　大人たちからの視線を避けるように、目立たずひっそり過ごしていた俺は、口数が少なく、表情にも乏しい冷めた子どもだったと思う。

　その日——。

　いつも通り如月をうまく撒いて、裏庭の木陰で涼んでいた俺の目の前に、勢いよく女の子が走ってきた。

　オレンジと黄色が目に眩しいビタミンカラーのボーダー柄のワンピース。

　ふたつ結びになった髪のひとつがほどけて、顔や服にはドロがついている。

　——それが、綾乃だった。

『なに、してるの？』

　はぁはぁと息を切らす綾乃に、驚きすぎてたどたどしく問いかける。

　セキュリティもしっかりしてて、門のところには人が立ってるのに……。

　どうやって入ってきたんだ……？

『あのね！』

　ただでさえまんまるい目を大きく見開かせて、その子は
目を輝かせた。
『ネコちゃん追いかけてたの！　見なかった？』
　そばまで駆け寄ってきて、期待に満ちた目を向けられる。
　邪気や悪意というものがひとつも感じられない、子ども
らしい澄んだ瞳。
　ネコ？
『さぁ？』
　そう告げると、期待に満ちた目がどんどん曇っていくの
がわかった。
　ガックリと肩を落として、ひどく落ち込んでいる。
『きみんちのネコなの？』
『ううん……ちがうよ』
　ちがうのに、どうしてそこまで落ち込んでるのか意味が
わからない。
『ノラなんだけどね……ケガ、してたから……』
　ケガ……？
『足から血が出てたの』
　よく見ると綾乃の手に絆創膏が握られていた。
　もしかして、ネコに手当てでもしようとしてたの？
　なんなんだ、こいつは。
　バカ、なのかな。
『見つからないってことは、大丈夫ってことでしょ』
　今にも泣き出しそうだった悲しげな女の子の顔が、キョ
トンとなる。

『逃げるだけの力があるなら、きっと大したことないケガなんじゃない？』

　俺の言葉を呆然と聞いていた綾乃の目に、徐々に輝きが戻ってくる。

『……そっか！　そうだよね。よかったぁ』

　ホッと息を吐き出す綾乃のコロコロと変わる表情。

　理由なんてないけど、そんな綾乃に釘付けだった。

『わたしは綾乃。きみは？』

『……ちか』

『ちかちゃん？　可愛い名前だね！』

　純粋な綾乃の笑顔に、小さな心臓がキュンと音を立てる。

　名前はほぼ無意識に答えていた。

　人一倍警戒心が強くて他人と打ち解けるのに時間がかかるのに、不思議と綾乃には壁を作ることもせず。

　透き通るような綾乃の目は、誰よりもキラキラ眩しくて、他のヤツらと同じように俺を見ていない。

　きっとその目が、俺の中の警戒心を一瞬にして消し去ったんだと思う。

『ここって、ちかちゃんのお家だったんだ？　柵が歪んでたところから、入ってきちゃった……ごめんなさい』

『謝らなくていいよ。退屈してたから、ちょうどよかったし』

『そう？　ちかちゃんはどこの幼稚園に通ってるの？』

『今は休んでる……』

『え？　どうして？』

『お熱があるから、お母さんがお家にいなさいって言うの』

『そうなんだ……？　大丈夫？』

　今にも泣き出しそうな顔で、ギュッと手を握られた。

　人に触られるのも、触るのも苦手なはずなのに……。

　どうしてか、綾乃が相手だとそうは思わなくて、心臓がキュッと変な音を立てた。

『ご飯いっぱい食べて、早くよくなってね』

　環境の変化に弱く、なにかあるとすぐに高熱を出しては両親を心配させていた俺。

　だけど今は綾乃に、弱いヤツだと思われたくはない。

『へーきだよ、大したことない』

　5歳の俺のつまらないプライド。

『そっか！　ねぇ、また来ていい？　ちかちゃんと遊びたいな』

『……いいよ』

『やったぁ！』

　宣言通り綾乃は毎日のように抜け道を通って、庭に忍び込んできた。

　親の目を盗んで庭で木登りをしたり、蝉を追いかけて思いっきり走ったり、噴水で水の掛け合いをしてびしょ濡れになったり。

　どんなときも笑顔で明るい綾乃といるようになってからは毎日が楽しくて、いつしか綾乃がくるのを心待ちにしている俺がいた。

『ちかちゃん、だーいすき』

『ちかもだよ。大きくなっても、ずっと一緒にいてくれる？』

『うん！』

　恥ずかしくてそれしか言えなかったけど、綾乃も同じ気持ちでいてくれてると思っていた。

　それなのに……。

　女の子だと勘違いされていた挙句、好きだったのは俺だけだったなんて。

　たった半年という短い時間だったけど、5歳の俺には綾乃が世界のすべてだった。

　再会して一緒に住むようになったのに……綾乃の心は未だに手に入れられないままだ。

　さすがに焦る……。

　地位も名誉も財力も、綾乃の前ではすべてがかすむ。

　全部を投げ捨ててでも、叶えたいたったひとつの願い。

　──綾乃の心がほしい。

　他の男なんて見るなよ。

　笑って手なんか振ってやるな。

　綾乃の目に映るのは、俺だけならいいのにと本気で思う。

　綾乃が他の男を見るだけでも嫉妬してしまうほど、好きという想いはとどまるところを知らない。

　5歳のときから輝きを失っていない、純粋で無垢なまんまるい綾乃の瞳。

　その瞳に見つめられるだけで、理性なんてどこかに飛んでいってしまう。

　綾乃が俺以外の男を好きになるなんて、耐えられそうにない。

「はぁはぁっ」

　あっつ。

　綾乃のあとを追って生徒玄関まできたけれど、綾乃の姿はどこにもない。

「千景様」

「はぁ、如月。綾乃見なかった？」

「ものすごい勢いで、どこかへ走って行かれましたが？」

「どっち？　どこ行った？」

「喧嘩でもしたんですか？　なんだか様子が変でしたけど」

　如月は俺が生まれたときからずっとそばにいる側近。

　出張で家を空けることが多い両親よりも、一緒にいる時間が長い。

　感情をあらわにしない能面の如月が、俺を心配しているように見えた。

「べつに喧嘩ってほどじゃ」

　如月の目が見れず、視線を下げる。

　俺が勝手に嫉妬しただけで、綾乃にはなんの非もない。

　綾乃のことになるとついカッとなって心が激しく揺さぶられる。

「悪いと思ったなら、素直に謝ればいいんですよ」

「……わかってるよ」

　頭ではわかってる。

　俺と付き合ってるって勘違いされたくないってことは、綾乃は今野ってヤツに気があるってことだ。

　……くそっ。

　あとからしゃしゃり出てきたヤツに綾乃を奪われてたまるか。

『成瀬って、いいヤツだなっ』

　そんなの、俺の方が先に知ってる。

『またあいつらになんか言われたら、俺に相談しろよ？』

　またってなんだよ。

　あいつらになにか言われたらってことは、綾乃になにかあったんだよな。

　俺に相談しろよって……。

　綾乃は一度今野に頼ったってことか？

　なんで俺には言ってくれないんだ？

　俺じゃ頼りないってことなの？

　激しい焦燥感がふつふつと胸の奥から湧き上がる。

　俺より今野を選んだ。

　その事実に、どうしようもないほど打ちのめされてる俺がいる。

　綾乃が今野と２人でいるところを想像しただけで、頭がおかしくなりそうだ。

「とにかく探してくる！」

　如月にそう告げると、ニヤリと笑われた気がした。

「まさか千景様が取り乱しているお姿を見られる日が来ようとは……なんて、いい日なんだ」

　すでに走り出していた俺の耳に、如月の声が届くことはなかった。

　綾乃……！

　どこだ、どこ行った？

　昔は病弱だったものの、綾乃に出会って俺は変わった。

　しっかり食べて、たくさん寝て、勉強や習い事にも手を抜かず、一生懸命打ち込んだ。

　すべては綾乃に釣り合う男になるため。

　どんなことがあっても、綾乃を守れる男になりたい。

「はぁはぁ……」

　学校を出てあてもなくやみくもに走る。

　綾乃が行きそうな場所を考えてみたけど、動揺しているせいなのかまともに頭が働かない。

「！」

　綾乃……？

　駅の横にあるコンビニの前まできたとき、他校の男たちに囲まれている綾乃を見つけた。

　なりふりなんて構ってられず、全速力で駆け寄る。

「ほんとタイプなんだけど」

「俺らこの辺詳しいから、案内してあげるよ」

「多摩百合の子とお友達になりたいって思ってたんだよね」

　前後左右、背の高い男子たちに囲まれて、逃げようにも逃げられない状況の綾乃。

　やめろ、近づくな。

　拳に力が入りすぎて、爪が皮膚に食い込んだ。

「こ、困り、ます……っ」

　今にも消え入りそうな声で抵抗する綾乃の後ろ姿が震えている。

「ちょ、めちゃくちゃ怯えてるじゃん。目うるうるさせ
ちゃって」

「やべぇ、可愛すぎる」

「俺ら怖くないからさ、ね？　優しくしてあげるから遊び
に行こ？」

「遠慮、しときます……」

　綾乃がそう言ったのと俺が男の肩をつかんだのは、ほぼ
同時。

　あまりにも手に力が入りすぎて、軽く押しのけるつもり
が、男は後ろに大きく尻もちをついた。

「ってぇ！　なにすんだよ！」

　今の俺は今野のこともあって最強にイライラしている。

　綾乃に背を向けながら、鋭い目で男を睨み返し、同じよ
うにそばにしゃがんで耳打ちする。

「そのセリフ、そっくりそのまま返してやるよ」

「……っ！」

「ひとりの女に男が寄ってたかって、なにしてんの？」

「そんなの、お前には関係な……ひっ」

「ふざけんなよ」

　地を這うような俺の声に、男の顔が青ざめた。

　綾乃に聞こえないよう声を抑えたのが効いたらしい。

「なにこいつ」

「多摩百合の生徒じゃん」

「あー、彼氏？」

　立ち上がってその他の男たちの前に立った。

「黙れ」

　綾乃のことをそんな目で見るな。

　男たちの視界を遮（さえぎ）るように間に割って入る。

　見るな、触れるな、近寄るな。

　そんな意味をこめて高圧的に見おろすと、男たちは怯（ひる）んだようにうっと声を詰まらせた。

　省吾が言うには、キレたときの俺はやばいらしい。

　自分ではわからないが、オーラだけで相手を戦意喪失させる力があるとかなんとか。

　ちょうどいいから、今はそれをフル活用させてもらうことにする。

　それにしてもこいつら……威勢（いせい）がいいのは女の前でだけかよ。

　弱い人間にしか強く出れないなんて、俺の最も嫌いな人種だ。

　後ろで震える綾乃が、無意識に俺のブレザーの後ろ裾（すそ）を握った。

　こんな状況なのに、ズキュンと心臓が射抜かれそうなほどの衝撃が走る。

　ためらいがちにつかんでくるところも、綾乃らしい。

　あー、もう。

　いちいち可愛すぎる。

　不意打ちで毒気を抜かれそうになり、歯を食いしばった。

「まだなんか用があるわけ？　ないならさっさと失せろ」

　綾乃をこんなにも怯えさせてるこいつらが憎くてたまら

ない。

　早くどっかいけよ。

「や、やべーよ、こいつ。目が普通じゃない」

「そ、そうだな。もう行こうぜっ！」

「すみませんでしたぁぁぁぁ！」

　逃げるように走っていく男たちを見て、ホッと胸を撫で下ろす。

「綾乃！」

　振り返って、とっさに手を握る。

　触れた瞬間、綾乃は大きく目を見開かせて体をこわばらせた。

「大丈夫か？」

「うん……」

　さっき怖い思いをしたばっかなのに、無理して口角を持ち上げて笑っている。

　無意識に手を握ったけど、嫌だよな……。

　手を離そうとすると。

「ごめん、なさい……」

　うつむきながら肩を震わせ、今にも消え入りそうな声で綾乃が俺の手を握った。

「わたしのせいで、千景くんに迷惑かけちゃった」

　よっぽど申し訳ないと思っているのか、だんだんと小さくなっていく声。

　そしてゆっくり顔を上げた綾乃が、俺の顔色をうかがうように上目遣いで見てきた。

　潤んだ目が、俺の鼓動を跳ね上がらせる。

　うっすらピンク色に染まる頬、キュッと唇を嚙む仕草。

　眩しすぎて、直視できない。

「迷惑だなんて、思ってないよ？」

　むしろ、もっと早く駆けつけるべきだったと後悔してる
くらいだ。

　そしたら、綾乃に怖い思いをさせることもなかった。

　いや、そもそも、こうなる原因を作ったのは俺だ。

「綾乃が無事でよかった……ごめん、さっきはつい感情的
になって……強く当たった」

　綾乃を守れる強い男になりたかった。

　変わりたかったはずなのに……。

　なにやってんだよ……カッコわる。

「どうして、千景くんが謝るの……？」

　キョトンとした表情を浮かべる綾乃は、意味がわからな
いと言いたげ。

「綾乃は悪くない。俺が一方的に……」

　嫉妬して、ムカついただけ。

「でも……怒ってた、よね？」

「怒ってないよ。スネてただけだから」

　今も今野に対してめちゃくちゃ嫉妬してる。

　俺じゃなくて今野を頼った綾乃。

　でもそれは、綾乃にとって俺は頼れる男じゃなかったっ
てことだ。

　悔しいけど、事実として受け止めるしかない。

「スネる……？」

　さらに首をかしげる綾乃の顔に、どうして？　と書いてある。

　今の俺はバカみたいに情けない顔をしているだろう。

　黙り込んだままでいると、綾乃がふぅっと息を吐いた。

「あの、助けてくれて、ありがとう。千景くんが来てくれたから、怖くなかったよ……」

　そんな優しい言葉をくれる綾乃に、自分の情けなさが浮き彫りになって拳が震えた。

「はよーっす、千景」

　次の日、やたらとテンションが高く上機嫌な省吾が肩を叩いてきた。

　気持ち悪いほどニコニコしてて、一ノ瀬絡みだということがまるわかり。

「朝、偶然会っちゃってさ～！　挨拶したら、可愛く笑って『おはよ！』って……！　もうキュン死するかと思ったわ」

　デレデレとだらしなく鼻の下を伸ばしている省吾の周りには、ピンクのオーラが漂っている。

「今度デートにでも誘ってみよっかな」

　なんて浮かれたことを言ってるけど、未だまともに一ノ瀬と話せもしないくせに、よく言う。

「もうすぐ一ノ瀬さんの誕生日だし、お祝いも兼ねて豪華ディナーにも招待したいな。そこでプレゼントの指輪を渡

して告白するとか。ああ、ロマンチックすぎるっ」

「勝手に妄想膨らませてろ」

　断言できる、省吾からは誘えないと。

　付き合ってもいないのに、プレゼントに指輪とか……頭イッてんな、こいつ。

　プロポーズじゃあるまいし……。

　他のことでは天才的な力を発揮するのに、恋愛方面は道から大きく外れすぎててやばい。

　万が一省吾と一ノ瀬がデートすることにでもなれば、こいつは本気で有言実行しそうだ。

　見てて笑えるから、べつにいいけど。

「おい、なんかテンション低くね？　さては、綾乃ちゃんとなんかあった？」

「べつに、なんも」

「お前はうそがヘタだよな」

　確信しているような表情の省吾。

　こういう観察眼はすごいのにな、マジで。

「うるさい」

「ふんっ、心配してやってんのに。あ、春、おはよー！」

　黒髪メガネの知的な美少年、水谷春。

　俺と省吾と春はいわゆる中等部からの腐れ縁で、基本的に３人でいることが多い。

「見てっ！　３トップが揃ったよ〜！」

「はぁ、目の保養」

「ほんっと、漂う空気までもが神レベル」

　女子のざわめきもいつものことなので、特には気にしない。

　そんな女子たちに笑って手を振る省吾は、教室ではプリンスの仮面をうまくかぶって利用している。

　華麗（かれい）に女子たちをスルーした春が、俺の隣の席に腰をおろした。

「ちか、おはよ」

「おう」

「なんか元気ないね。どうかした？」

　会って数秒で、なんでバレてんだよ……。

　誰にでも分け隔てなく優しくて、感情の浮き沈みがなく冷静に物事を分析する能力に長けている春。

　しかし、裏では相当女遊びが激しくて毎日のようにちがう女と遊んでいる。

　したたかで計算高く、頭の回転が早い上に機転もきく。

　理論を言わせるとこいつの右に出る者はおらず、討論になると徹底的に言い負かされる。

　眉目秀麗（びもくしゅうれい）で淡々としている春は、味方だと頼もしいけど敵に回すと怖いヤツだ。

「女関係での悩みなら、この俺に相談してね」

「そうだよ、俺にも話せよ。千景」

　話す気はないが——。

「今野って男、知ってる？」

「今野？　ちょっと待って」

　タブレット端末を操作しながら、なにかを打ち込んでい

るらしい省吾。

　その隣で春が眉をひそめた。

「サッカー部のイケメンだろ？　やたらギャラリーが多くて、女子にきゃあきゃあ言われてる有名人」

　ふーん……サッカー部、ね。

「お、出た出た。今野裕太、15歳。兄と父母の4人家族で、両親は商店街の中にある小さな食堂を経営してる。

　A型、いて座。絵に描いたような優等生で、クラスメイトからの人望も厚い。一般クラスでの成績は上位。サッカー部の次期エース候補でもある。

　外部生だけど人懐っこい性格なので、先生たちからの評判もいい。文句なしにカッコいい男だな」

　最後に感想を添えて、省吾がタブレットを見ながら読み上げた。

　どこ情報だよ、それ。

　勝手に生徒のデータベースをハッキングしてんじゃないだろうな。

「ふはは、企業秘密に決まってんだろ。安心しろ、犯罪に繋がることはしてないから」

　そうは言うけど、怪しすぎる。

　けど今野って、思ってた以上に……やるな。

「その今野がどうかしたの？」

「べつに……負けたくないだけ」

「負ける？　特S最強のお前が!?」

　なにに驚いたのか、いつもはポーカーフェイスの春が目

を瞬かせた。

「なんだよ、最強って。だっさ」

　綾乃ひとり守れない男が、最強なわけがない。

　内面からキラキラ輝くオーラというか、人間の本質に関する部分で、負けたくない今野だけには。

「まぁこいつもさ、珍しく女子に本気になってんだよ」

「え？　ちかが？」

「そうそう。昼休みも放課後も日替わりで女の相手してるお前は知らないだろうけど」

「そっかぁ。ちかが恋、ね。こりゃ夏が泣くな」

　春のボヤきを無意識にスルーして、俺はメラメラと闘争心を燃やしていた。

優しい腕

　放課後――。

　図書室のカウンターの中で、今野くんと並んで椅子に座り貸し出し作業をしていた。

　今野くんは今日は部活が休みらしく、時間があるからと言って、わたしの手伝いをしてくれている。

　昼休みは今野くん、放課後はわたしと担当を決めたはずなのに……。

「昼休みの方が時間が短いんだし、せめて空いてるときくらいは手伝わせてよ」

　ひとりで大丈夫だと言っても、今野くんはそう言って聞き入れてくれなかった。

　放課後の方が利用者が多くて大変だからと思ってくれているみたい。

「とりあえずこれだけやっちゃうから、成瀬は貸し出し業務お願い」

「わかった、ありがとう」

　今野くんが返却された本の整理を始めたので、何気なくカウンターに積んであった本を適当に取って、パラパラとページをめくる。

　始めと終わりのところだけを読むという読書法に、隣で作業していた今野くんが目を丸くした。

「途中経過が面白いのに」

「うーん、全部読んでると眠くなってきちゃうの。それに、冒頭読んだらすぐに結末が知りたくなっちゃうんだよね」

「ははっ、成瀬はすぐに白黒つけたがるタイプか」

「ふふ、そうかも」

　他愛もない会話で盛り上がる。

　今野くんって壁がなくて率直な人だから、すごく話しやすい。

「借りたいんだけど」

　カウンターの向こうからすっと手が伸びてきた。

　低く鋭い声にビクンと肩が跳ね上がる。

　まさかと思いながら恐る恐る顔を上げると、そこには仏頂面の千景くんがいた。

「これ、いい？」

　千景くんは今野くんをチラッと見てから、またわたしに視線を戻す。

「あ、うん！」

　珍しいな、千景くんが図書室にくるなんて。

　千景くんがいるからなのか、図書室にはさっきよりも女子がグッと増えたように思う。

　みんな千景くん目当てなんだろう。

　人気者だもんね……。

「クラスとお名前の記入をお願いします」

　貸し出し台帳を差し出すと、千景くんは小さく頷いてからペンを受け取った。

　相変わらず、きれいな字……。

　書き終えると千景くんはわたしにペンを返してきた。

「はい、２週間後までに返却してね」

「今すぐ読んで返却するよ」

「え？」

　それじゃあわざわざカウンターまで借りにくる必要なんてないのに。

　千景くんの視線はわたしではなくなぜか今野くんに向いていて、なにか言いたげに真顔で見つめている。

「どうしたの？」

　千景くん？

「こいつだけには負けたくない」

　え……？

　強い意思がこもったような千景くんの口調に、なにを言っているんだろうと首をかしげる。

　今度は千景くんはわたしに視線をよこした。

「待ってるから、終わったら一緒に帰ろう」

　戸惑っている間にも、千景くんは背を向けて勉強用のスペースに行ってしまった。

　千景くんが歩くのを、女の子たちが目で追っている。

　なに、今の。

　いったい、どういうこと？

　作業していた今野くんにも、千景くんの言葉はしっかり届いていたらしい。

「突き刺さるオーラがハンパなかったわ。成瀬に変なことしたら、目だけでヤられそう」

なんて言って、肩をすくめながら苦笑している。

変なこと……？

目だけでヤられる？

なんだか危なっかしい言動だけど、わけがわからない。

「それにしても、桐ケ谷って案外わかりやすいんだな」

「どういうこと……？」

「さっきのはあからさまに俺を……って、いちいち言わなくてもいっか。まさか、成瀬がそこまで鈍いとは……桐ケ谷も心配になるわけだ」

わけのわからないことをボソボソと話す今野くん。

いったい、なに……？

「うっざ」

どこかから聞こえた声に視線を巡らせてみると、特Ｓクラスの図書委員の女の子たちがじっとこっちを見ていた。

その周りには取り巻きらしい女の子たちも何人かいて、ヒソヒソとなにかを言っている。

「似合わないって言ってるのにさぁ」

「しつこすぎっ」

他にも千景くんを見ている女の子たちで騒がしいのに、わたしを指しているらしい言葉だけは鮮明に聞こえてくる。

似合わないって、千景くんとのことだよね……。

どうして悪意ってこうもはっきり伝わってくるんだろう。

敏感にキャッチするセンサーが体の中についてるみた

い。

　慌てて視線をそらしてスカートの上に置いた拳をギュッと握る。

　雑音だよ、雑音。

　だけど、監視するように見られては仕事がやりづらい。

　思わず下を見ながら体を縮こまらせていると──。

「あのさ」

　透き通るような低い声が響いた。

「集中できないから、静かにしててくれないかな？」

　立ち上がり図書室内をぐるりと見回したあと、誰に言うでもなく淡々と言ってから、千景くんは何事もなかったかのように再び腰をおろした。

　そして本を手にして、ペラリとページをめくる。

　ここにいる誰もが、そんな千景くんの姿に息を呑んだ。

　本を読む所作がここまで美しい人なんて、きっと他にいない。

　それに、なんだろう……。

　座っているだけなのに、オーラがすごい。

「け、汚しちゃいけないよね。千景様の領域を……」

「そうね、邪魔にならないように退散しよう！」

　うんうんと頷きながら、いいものでも見たというようなうっとりとした表情で、ギャラリーの女の子たちが引いていく。

　あっという間に静寂が戻ってきた。

「すげーな。あいつの一言で空気が変わるなんて……」

　隣で囁く今野くんに小さく頷く。

　いつの間にかわたしにコソコソ言ってた特Ｓクラスの子たちもいなくなっていて、ホッと胸を撫で下ろした。

　千景くんのおかげで貸し出し業務は難なく終わりを迎えた。

　最終下校時刻の17時半、あたりはすっかり夕焼け色に染まっている。

「今野くん、今日はありがとう」

　帰り支度を始めた今野くんに声をかけて、カバンを持って立ち上がる。

「お疲れ。また明日な！　桐ケ谷も、じゃあな」

　爽やかに手を振って去って行く今野くんに手を振り返すと、後ろからきた千景くんにその手をギュッとつかまれた。

　どこかムッとしたように、下唇を突き出している千景くん。

「帰ろう」

「あ、うん……」

　廊下に出て並んで歩く。

「千景くん、手を……離してくれないかな？」

「無理」

　無理って……即答ですか。

　繋がった手から体温が伝わってしまいそうで、意識せずにはいられない。

　最近の千景くんはなんだかちょっぴり変だ。

　わけのわからないことを言うし、今も少し元気がなさそ

う。

　そしてなぜだか、今野くんを敵対視しているみたい。

「あ、そうだ。さっきはありがとう！」

「さっき？」

「女の子たちを一瞬にして図書室から出してくれたでしょ？」

「べつにお礼なんていらないよ。ただ、綾乃が困ってるように見えたから」

　――ドキッ。

　やけに真剣な目で見つめられて、不覚にも胸がときめいてしまった。

　どうしてだろう、千景くんといると鼓動が早くなるのは。

「俺のせいで、女子たちになにか言われてたりする？」

　千景くんは眉の端を下げながら、心配そうにわたしを見た。

　あの子たちの声はどうやら、わたしにしか聞こえていなかったみたい。

　気にかけてくれているらしい千景くんを、心配させるわけにはいかない。

　それに、あの子たちが言ったことは、正論なんだから……。

　わたしは首を横に振った。

「ほんとに？」

「うん……！」

「……そっか、よかった」

　ようやく千景くんは納得してくれたみたいだった。

　バレないようにしなきゃ。

　これ以上なにもなく、平穏に過ごせるといいんだけど。

　次の日。

「ん……？」

　あれ？

　いつものように千景くんに教室まで見送られたあと、自分の席に着いて机の中に手を入れた瞬間。

　……ない。

　たしかに昨日何冊か教科書とノートを置いて帰ったはずなのに、中身は空っぽだった。

　なんで……？

「綾乃～、おはよう」

「…………」

「おーい、綾乃？」

　ポンと肩を叩かれハッとする。

「お、おはよう……！」

「どうしたの？　ボーッとして」

「ううん、なんでもない」

「そ？」

　頭の中は混乱状態だったけど、なんとか柚に笑顔を返した。

　たしかに置いて帰ったはずなのに……。

　1時間目から使う教科書もノートも、筆記用具だってケースごとなくなっている。

　いったい、どうして……？

　もしかして……。

　ふと頭にひとつの疑惑がよぎったけど、証拠がないから疑うわけにはいかない。

　それよりもまずは教科書をなんとかするのが先決だ。

　すごく厳しい学校なので、忘れ物が先生に知られたら反省文は免れない。

　授業が始まるまでに教科書を探すか、誰かに借りるかしなきゃ……。

　でも探すっていったって、どこを……？

　他のクラスに友達なんていないし、借りることだって難しい。

　とにかく探してみよう……！

　そう思い立って教室の中をひと通り探したけど、どこにも見当たらなかった。

「ほんとはなにかあったんでしょ？」

　わたしの行動を一部始終見ていたらしい柚が、今度は真顔で聞いてきた。

　他に言い訳が浮かばなかったのと、打つ手がなくなってついつい柚に事情を話す。

「はぁ？　なにそれっ。特Sの原田の仕業っしょ。ムカつく〜！」

　プンプンとわたしよりも腹を立てているらしい柚。

「ほんっと腹黒いんだよ、あの女！」

「前から思ってたけど、柚っていろいろ詳しいんだね」

「だてに幼稚部から通ってないわ。内部生のことなら、このあたしに任せてよ！」

　トンッと胸を叩いて言う柚が頼もしく見えた。

　柚に手伝ってもらって校舎の中を探すと、廊下でクラスメイトに呼び止められた。

「これ、成瀬さんの教科書じゃない？　廊下のゴミ箱に捨ててあったんだけど」

「え？」

　見つかったのはよかったけど、まさか、そんなところから……。

「ほらね、やっぱり原田の仕業よっ。あいつ、中等部のときから桐ケ谷のこと狙ってんの！　邪魔する女には徹底的にひどい仕打ちをして追い詰めるって話聞いたことあるもん」

　原田さん……。

　図書委員の自己紹介のときに、特Ｓクラスの２人のうちのひとりがそう名乗っていた。

「でも証拠がないよ」

「そうだけど、まちがいないと思う。人を使って悪いこともやってるみたいだし、気をつけた方がいいよ。父親がお偉い県会議員だかなんだか知らないけど、やりたい放題なんだよね」

　やりたい放題……。

「桐ケ谷に話す気ないでしょ？」

　まだ短期間の仲なのに、柚はわたしのことをわかってる

みたいに言う。

「うん、巻き込むわけにはいかないから」

「綾乃ならそう言うと思った。でも、巻き込まれてるのはこっちだからね？」

「え？」

「わからない、か。綾乃だもんね。いーい？　登下校中は桐ケ谷と一緒だから大丈夫だと思うけど、校内ではできるだけひとりにならないこと。わかった？」

　柚の有無を言わさない雰囲気に圧倒されて素直に頷く。

　結果的に柚を巻き込む形になったことが、ものすごく申し訳ない。

「桐ケ谷に言えば一発で解決しそうな気もするけど……。そうできないのが綾乃だもんね。あたしに対してはそんな風に思わなくていいよ」

「柚……っ！」

　我慢できなくなって柚にガバッと抱きついた。

　心細くて不安だったけど、柚がいることで救われた気分になる。

「あたしもさ、この髪の色でしょ？　地毛だとはいえ派手な顔立ちも加わって、目立ってたのは事実でさ。中等部の頃、女子に『男好き』とか『人の彼氏を奪う最低女』とかあることないこと言われてたわけ」

「柚が……？」

　体を離して柚の顔を見ると、いつもは強気な柚の瞳が悲しげに揺れていた。

　その言葉にどれほど柚が傷ついてきたのかがわかって、胸が苦しくなる。

「あたしもこんな性格だから、負けじと言い返してたんだけどね～！　でもやっぱ、コソコソ言われるのは気持ちいいもんじゃないよ。ってことで、あたしは綾乃の味方だからね！」

　柚……。

「……ありがとう！」

　こんなに美人で性格いい子、他にいない……。

「わたし、柚の髪も、もちろん柚自身のことも！　めちゃくちゃ好きだよ」

　ギューッと力をこめてもう一度抱きつくと、今度は柚も抱きしめ返してくれた。

「綾乃……」

「柚……っ」

　お互いに強く抱きしめ合って、熱い抱擁を交わした。

　３日後のお昼休み──。

「成瀬、ちょっといい？」

　今野くんに声をかけられた。

「悪いんだけど、今から図書当番お願いできる？　急に顧問に呼び出されちゃってさ！」

　両手を合わせて申し訳なさそうな表情を浮かべる今野くん。

「うん、大丈夫だよ」

「悪いな。終わったらすぐに図書室に向かうからっ！」

　柚にはひとりになるなと言われてたけど、あと５分もしたら図書室を開けなきゃいけない時間なので迷っている暇はない。

　柚はというと職員室に用事があって席を外している。

　この３日、教科書がなくなる以外のことは何も起きていなかったので油断してたのもあった。

　結局ひとりで図書室での当番を終えたわたしは、最後に戸締まりをしてからしっかりと鍵をかけた。

　あとは鍵を返して教室に戻るだけ。

　特に何事もなかったな。

　図書室の横にある資料庫の前を通ったとき、いつもはドアが閉まっているのに変だなとちょっと思った。

　鍵が開いてるってことは、誰かいるってこと……？

　立ち止まって、恐る恐る覗いてみる。

「成瀬って、お前？」

　すると、後ろから低い声がした。

　反射的に振り返ると、背後にいた派手な男子２人と目が合った。

「あー、こいつでまちがいなさそうじゃん？　画像と一致してるわ」

　１人の男がスマホとわたしの顔を見比べ、ニタニタと薄気味悪い笑みを浮かべる。

「俺らはなんの恨みもないけど、悪く思うなよ」

　え……？

　──ドンッ。

「きゃっ……！」

　なんの抵抗もできないまま、背中を強く押されて資料庫の中に前のめりで倒れこんだ。

　埃 っぽい床に顔から突っ込む。

　背後でドアが閉まり……。

　──ガチャン。

　あろうことか鍵をかける音まで聞こえてきた。

　ちょ、ちょっと、待って……。

　鍵、かけられた……？

　なにが起こったのか、すぐには理解できなくてしばしの間固まる。

　うそ、でしょ。

　足に力が入らなくて、四つん這いになったままドアまで進んでノブを引っ張ってみたけど、開かない。

　待って……。

　閉じ込められたってこと……？

　中からは鍵を開けられないようになっていて、絶望的な気持ちがこみ上げる。

「あ、もしもし？　原田ちゃん？　うまくやったよ〜！」

　遠ざかる男たちの足音と一緒にそんな声が聞こえた。

「はっはっ、俺らの手にかかればちょちょいのちょいよ」

　電話……？

　原田……って。

　もしかして……。

　柚が言ってた特Sクラスの……？

　窓がなくて埃っぽいじめじめとした空間。

　かろうじてチカチカしていた蛍光灯がバチンと消えて、あたりが薄暗くなった。

「ひぁっ！」

　や、やだ。

　窓がないから余計に暗く感じる。

　古めかしい資料庫の中が、昔観たホラー映画のワンシーンに似ているような気さえしてきて……。

　おばけとか出そうな雰囲気……。

　怖すぎる……。

　どうしてわたしがこんな目に遭わなきゃいけないんだろう……っ。

「だ、誰か……！　助けて！」

　声を出してみても当然だけど音沙汰はない。

　そ、そうだ、スマホ！

　制服のポケットに入っているのを思い出した。

　だけど──。

　画面に触れても一向に作動しない。

「な、なんで……？」

　まさか、こんな重要なときに電池切れ？

「そんなぁ……」

　ついてなさすぎる。

　嫌だよ……。

「お願いっ！　誰か！」

　──ガチャガチャ。

　ドアノブを思いっきり揺さぶって叫んでみたけど、人の気配はしない。

　図書室は教室がある建物とはちがって、渡り廊下を挟んだ離れた場所に位置しているので、気づいてもらいにくいのかも……。

　だけど、放課後なら……。

　図書室を利用する人がくるかも。

　でも、もし誰も来なかったら？

　夜までずっとこのままってこと？

　ううん、もしかしたら朝までかもしれない。

　サーッと血の気が引いていく。

　極限状態の中ではネガティブなことしか浮かばず、その場で膝を抱えた。

　目にじわっと涙が浮かんで、そこまで恨まれるようなことをしたのかなと、悲しくてたまらなくなった。

「ふぅ……っ、うっ……」

　こらえていた涙が頬を伝う。

　誰にも見つけてもらえないまま、朝になったらどうしよう……。

　10分、20分、30分、1時間……。

　時間だけが無情にもすぎていく。

　今日は7時間授業だから、あと2時間は待たなきゃいけない。

　顔や膝が擦り切れて、とても痛い……。

　今になって痛みが襲ってくるなんて、どれだけ気を張っ

てたんだろう。

「助けて……誰か」

　ふと千景くんの顔が頭に浮かんだ。

　助けて……千景くん。

　どうしてわたし、千景くんに助けを？

　心細くて、不安で……。

　頼れるのが千景くんしかいないからかもしれない。

「千景、くん……」

　また涙が浮かんだ。

　うぅ、千景くん……会いたいよ。

「綾乃……！」

　涙を拭ったとき、騒がしい足音と共に大きな声が響く。

　千景、くん……？

「綾乃！　いたら返事してっ！　綾乃！」

　走ってわたしの名前を呼んでいる千景くんの声が資料庫の前から遠ざかっていく。

　待って……。

「千景、くん……」

　行かないで！

　どうしよう、震えて小さな声しか出ない。

　もっと大きな声を出さなきゃ、わたしに気づいてもらえないのに……。

「ち、かげ、くん、助けて……」

　床を這ってドアに近寄る。

　だけど、体が大きく震えてうまく動けない。

　わたしは、ここにいるよ……。

　お願い──。

　気づいて。

「綾乃!?」

「千景、くん……っ！」

「そこにいんの？」

「う、うん……」

　気づいて、くれた……？

「うぅ……千景、くん」

「綾乃……よかった」

　ガチャガチャとドアを開けようとする音がする。

「くそ、鍵なんて取りに行ってられっかよ。はぁはぁ。綾乃、ちょっとドアのそばから離れて」

「っ……？」

「行くぞ」

　──ドンッ。

　ものすごい衝撃音と共に、ドアが壊れて千景くんが姿を現した。

「綾乃……！」

「うぅ……っ」

　泣きたくなんかないのに、千景くんの顔を見たらホッとして涙があふれた。

「よかった……！　無事で！」

　ものすごい勢いで駆け寄ってきた千景くんの腕が、わたしの体を強く抱きしめる。

わたしも無我夢中で抱きついた。

「綾乃……」

乱れた呼吸を整えながら、わたしを抱きしめる腕が小さく震えている。

「千景、くん……」

よかった……よかったよぉ。

「怖かった……っ」

「もう大丈夫だよ。俺がいるから」

「う……っ」

千景くんの胸に顔を埋めて、子どもみたいにたくさん泣いた。

その間千景くんはずっとわたしの背中を撫でて、安心させる言葉を囁き続けた。

不思議だね。

千景くんの『大丈夫』は魔法の言葉みたい……。

胸の中にすっと馴染んで、恐怖心を和らげてくれる。

抱きしめてくれる腕の強さも、伝わってくる体温も、すべてがわたしを安心させようとしているようで……心地いい。

「綾乃……とりあえずここを出るよ」

「え……？」

顔を上げたわたしの目に千景くんの姿が映る。

乱れた前髪が無造作に上がって、どれだけ急いで走ってきたのかネクタイが曲がってる。

慌てて来てくれたのがわかって、じんわり胸が温かく

なった。

「ちょっと我慢してね」

　ふわっと宙に浮く体。

　あの雷の日と同じように、千景くんは軽々とわたしの体を持ち上げた。

「しっかりつかまってて」

　涙で濡れた顔を見られたくなくて、小さく頷きながらうつむく。

　そして千景くんの胸に頭を預けた。

　あはは……わたし、まだ震えてる。

　抱きかかえてくれる千景くんの腕に、ギュッと力が込められた。

　だから――。

　このときのわたしには、千景くんがどんな顔をしているかなんて、わからなかったんだ。

「綾乃ぉぉぉぉぉ！」

　保健室で頬と膝の手当てを受けていると、ドアの向こうから叫び声が聞こえてきた。

　――バンッ！

　勢いよく開いたドアに、ビックリして肩が跳ねる。

「こら、ドアは静かに開けなさい」

「すみません、それどころじゃなかったんで！　ねぇちょっと、大丈夫なのっ!?」

　柚がそばまで走ってきて、わたしの顔を覗きこんだ。

　そこには『心配』の一言に尽きる表情が浮かんでいる。

　スンッと鼻をすすって、口角を持ち上げる。

　涙はすっかり止まっていた。

「大丈夫だよ……」

　千景くんといい、柚といい、わたしのこと心配してくれてたのかな……。

「そういえば今って授業中だよね……？」

　今になってそのことに気づく。

　授業を抜け出してまで、わたしのことを探してくれてたの……？

　だとしたら、すごく申し訳ないことをしちゃった……。

　柚には1人になるなって言われてたのに……これはわたしの甘さが招いた結果だ。

「綾乃がピンチのときに、授業なんて受けてられないよ〜……！　ほんとに心配したんだからっ」

「綾乃ちゃん！」

　あとから東条くんまで慌てた様子で入ってきた。

「大丈夫!?」

　はぁはぁと大きく息を切らして、わたしを心配してくれているのが伝わってくる。

　みんなにこんなにも迷惑をかけちゃった……。

「はぁ……」

　たくさん泣いたからなのか、神経をすり減らしすぎたせいなのかわからない。

　ホッとしたら、気が抜けてくらりとめまいがした。

「顔色が悪いわね。ベッドで少し休みなさい」

「……はい」

　保健の先生がそう言ってくれて、ベッドに横にならせて
もらう。

　心配してわたしを見おろす柚と、さっきから腕組みして
言葉を発さない千景くん。

　そんな彼は遠くを見つめて険しい表情を浮かべている。

　そして東条くんがベッドサイドに立って、なにか言いた
げな顔。

「昼休みを過ぎても綾乃が戻ってこないから、変だと思っ
て今野に聞いたの」

　5限目の授業が終わったあと、柚は今野くんの話でわた
しが今野くんの代わりに図書委員の当番をしていたと知っ
たらしい。

「誰にやられたの？」

　ようやく口を開いた千景くんが、そっとわたしの手を
取った。

「…………」

　言うまで納得しないといった感じの力強い表情。

　だけどわたしの指を絡め取る手は、繊細なガラス細工を
扱うかのように優しい。

「男の人……派手な感じの」

「男……？」

　怪訝（けげん）に眉をひそめて、嫌悪感たっぷりに歪められる顔。

「名前はわからないけど……」

　電話してた声から、原田っていう名前が出た……。

『うまくやったよ～！』って、そう言ってた。

　きっと繋がりがあるんだと思う。

　だけど――。

　わたしが言ったって原田さんが知ったら、もっとひどいことをされるかもしれない。

　もう嫌だよ、あんな思いをするのは。

　男の人だって絡んでいたし……仕返しされることを考えたら怖い。

　恐怖が蘇って、身の毛がよだつ。

「けど、なに？　ねぇ、もしかして……」

　なにかを察したらしい柚が、わたしに詰め寄ってくる。

　恐らく、柚も原田さんのことを言いたいんだろう。

「あなたたち、そろそろ教室に戻りなさい」

「待ってよ先生！　あたしたち、今とっても大事な話をしてるんですっ！」

「とにかく今は成瀬さんを休ませることが先決よ。さっさと戻って授業受ける！」

　なかば強引に３人を追い出す先生。

　そのことにホッとしながら、下がっていくまぶたに抗えず。

　目を閉じると同時に、意識はすぐに途切れた。

　頭を撫でられている感覚がしてそっと薄目を開けた。

　ぼんやりと視界に映る輪郭には、どことなく見覚えがある。

　右手にギュッと優しい温もりを感じた。

「綾乃」

「んっ……」

「目が覚めた？　俺だよ」

　聞いてるだけで癒やされるような、耳に馴染む心地いい声。

「千景、くん……？」

　まどろみから意識が戻ってきて、完全に正気を取り戻した。

　それを見た千景くんが両手でわたしの右手を握りながら、力なく眉の端を下げる。

「ごめん、俺のせいでっ」

「え……？」

　悔しそうに下唇を噛みしめて、今にも泣きだしてしまいそうな表情を浮かべる。

「一ノ瀬から無理やり全部聞き出した。綾乃が特Ｓの女子に……まさか」

「……っ」

　そう、だったのか。

　全部知られちゃったんだ……。

「……ごめんね」

「いや、悪いのは完全に俺でしょ。俺とのこと……いろいろ言われてることに気づけなくてごめんっ」

　深々と頭を下げられて、わたしはフルフルと首を左右に振る。

「俺のせいでこんなことになって、ほんとごめん……」

　千景くんのせいなんかじゃない……っ。

　わたしがもっと警戒していれば、こんなことにはならなかった。

「柚にね、気をつけろって言われてたの……1人になっちゃだめだって。それなのに、わたしが……」

「綾乃は悪くない。そもそもの原因は全部俺だよ」

　そう言って力強く手を握ってくれる千景くんに、胸が締めつけられる。

「千景くんは悪くない。だってわたし、千景くんが来てくれて嬉しかったよ……っ」

　そうだよ、嬉しかったんだ。

　心の底からホッとして、安心感が胸いっぱいに広がった。

「綾乃……」

　わたし以上に落ち込んでいる千景くんに笑ってみせる。

「それに寝たらすっかり回復しちゃった。心配させてごめんね」

「俺の前では強がらなくていいから。弱さとか綾乃の全部、さらけ出してほしい」

「千景くん……」

　そんな申し訳ないみたいな顔をしないでほしい。

　わたしまで苦しくなる。

「正直まだちょっと怖い気持ちはあるよ。この先の学校生活とかね……不安、かな」

　本音をついもらしてしまった。

「ああ、あいつらね」

　低くなった千景くんの声は、ヒヤリとするほど冷たくて。

「そのことならもう手を打っといたから、今後綾乃が心配することはなにもないよ」

　え？

「綾乃を傷つけるヤツはこの俺が許さない」

　なんだか答えになっていないような気がしたけど、千景くんはそれ以上話そうとしてくれなかった。

特別な存在

　３日後──。

『なにも心配しなくていい』と言ってくれた千景くんの言葉通り、平和な学校生活を送っている。

　あの日千景くんは、『手を打った』とだけ言ってたけど……。

　柚ならなにか知ってるかもしれないと思って聞いてみたけど、顔を真っ青にして「二度と思い出したくない」と震え出したので、詳しい回答は得られず。

　いつも強気な柚がそんなことを言うなんて、よっぽどのこと、だよね？

『この先、原田関係で絶対になにも起こらないと思う。ほら、３人まとめて海外留学しちゃったしね？』と言ってたから、ホッとしてはいるんだけど……。

「ぶっちゃけ綾乃は桐ケ谷をどう思ってんの？」

「どうって？」

　昼休みに恒例となった豪華な空き教室のソファで、２人を待ちながら寛いでいるわたしたち。

「好きなのかって話」

　す、好き……!?

「ま、まさか！　わたしなんかとじゃ釣り合わないもんっ」

「んー、そういうのは抜きにしてさ。人としてどう思う？」

「人として……？」

　優しくて、王子様みたいにカッコいい……素敵な人。

「……好きだよ」

　それは、人として？

　それとも……もっとべつの……？

「綾乃は恋したことないの？」

「こ、恋……？」

「桐ケ谷といて、ドキドキしたりする？」

「そ、それは……」

　常にドキドキしっぱなし。

　でもそれは、わたしが男の子に対して免疫がなさすぎるせい。

　だから千景くんを意識しちゃうんだ。

「わたしのことより柚はどうなの？」

「あたし？　全然だよ。あたしが男に求めるのはステータスやルックスじゃなくて安心感だし、それでもって、あたしの話をちゃんと聞いてくれる人だと尚いい！　モテるような男は論外だね」

「そうなんだ……」

　ふと東条くんの顔が浮かんだ。

　同時にバタバタと誰かが走ってくる足音がする。

「いいっ、一ノ瀬さんっ！　すでに来てたんですねっ！」

「うん、お疲れー」

「お、お疲れ様、ですっ！」

　東条くんはカチンコチンになりながら、手足を一緒に動かしてぎこちない動作で向かいのソファに座る。

150

「あはは。東条くんって、変な人だよね〜！ あたしのこと、怖いとか思ってんでしょ？」

「そそそそ、そんなっ！ 滅相もないっ！」

　柚の前だと挙動や言動がおかしくなる東条くん。

　そんな風になっちゃうくらい、柚のことが大好きなんだね……。

　うぅ、がんばれ……！

　恋、かぁ……。

　わたしはまだ誰かを好きになったことはない。

「そういや、桐ケ谷は？」

「もも、もうすぐくるかと！」

「お腹空いたから、先に食べちゃおーっと」

　柚はそう言って購買で買ったパンの袋を開けて、かぶりつく。

「あー、美味しい〜！」

「いいい、一ノ瀬さんっ。もうすぐお誕生日ですよね？」

「なんで知ってんの？ 言ったっけ？」

「えーっと、ゆ、有名人だから、一ノ瀬さんはっ！ そういうことにしておきます！」

「なにそれ、変なの」

「いいい、一ノ瀬さんっ……！ 誕生日の予定は？」

「ん〜？ 予定？ そうだなぁ……」

　柚が顎に手を当て、視線を巡らせる。

　──ガラッ。

　そこへ千景くんが姿を現した。

「あ、桐ケ谷。おそーい！」

「綾乃〜、お疲れ」

「あ、うん」

「一ノ瀬さぁぁん……」

　話題がそれたことで、東条くんががっくりと肩を落としている。

　もしかして、誕生日デートに誘いたかったのかな？

「ん、どーぞ」

　東条くんの胸のうちなんて知らないだろう千景くんが、わたしに向かってお弁当を差し出す。

「わー、ありがとう！　いただきます」

　手を合わせて、まずはおにぎりから。

　パクッとかぶりつき、梅干しの酸っぱさに目を丸くする。

「美味しい？」

「……っうん！」

「そっか」

　そう言って優しく笑う千景くんの顔が、好き……。

　って、人としてね。

　そう……人として。

　特別な意味なんて、ない……。

　そもそも、特別って……？

　恋、とか？

　ちがうちがう。

　柚が変なこと言うから、意識しちゃうじゃん。

　それを紛らわせるように、次にパクパクとフォアグラ入

りのおにぎりを食べ進める。

「いいい、一ノ瀬さん……っ！　誕生日は、お、おお、俺と……っ！」

　東条くんが勢いよく立ち上がった横で、千景くんが意味深にフッと笑った。

「綾乃」

「ん……？」

　向かい側から千景くんの手がわたしの頬に伸びてきた。

「きれいに消えたな」

　──ドキン。

「傷……」

　千景くんが悲しそうに眉を下げるのを見て、あの日のことを言ってるんだとわかった。

　閉じ込められたときに転けて擦りむいてできた傷。

　それは2〜3日で跡形もなくきれいに消えた。

　だけど千景くんの表情は一向に晴れない。

　優しい千景くんのことだから、きっと未だに責任を感じているんだろう。

「痕（あと）が残らなくてよかった」

　慈愛（じあい）に満ちた眼差しに、心臓がわしづかみされたみたいにキュンと鳴る。

「大丈夫だよ！　わたし、皮膚とか強いみたいだから！」

「ふはっ、なにそれ」

　よかった、笑ってくれて。

「ま、どうなろうと俺がちゃんと責任取るつもりだったけ

どね」

「？」

　責任……？

　あ、治療費のことを言ってるのかな。

　千景くんはあれからものすごくわたしの心配をしてくれ
て、気にかけてくれてるし……。

　ただのかすり傷だから、全然大したことないのに。

「ありがとう、ごめんね。治療費のことは気にしないで」

「綾乃……あんたの解釈、絶対まちがってると思うよ」

「えっ？」

　柚に耳打ちされて、わたしは首をかしげた。

「ま、それが綾乃よね。さ、残りのパンも食べよーっと」

　誕生日の話はどこへやら。

　東条くんは廃人のようにガックリと肩を落としている。

　それ以降、東条くんが柚を誘う様子は見受けられなかっ
た。

　放課後、千景くんにくっついて東条くんが一緒にやって
きた。

「綾乃ちゃーん！」

　ブンブンとこっちに手を振る東条くん。

　２人が並んで歩く姿は、そこだけまばゆい光が差し込ん
でいるみたいにキラキラして見える。

　周りの女の子たちの視線が一気に２人へ注がれた。

「急にごめんね」

「ううん。柚なら帰ったよ？」

「一ノ瀬さんじゃなくて、綾乃ちゃんに用があるんだ」

　わたしに？

　詳しい話は落ち着いた場所でしたいというので、教室から昼休みに使ってる空き教室へ移動する。

「もう気づいてるかもしれないけど、俺、一ノ瀬さんのことが好きなんだ」

「あ、うん……！」

　すごくわかりやすいから、気づいてた。

　真っ赤になった東条くんがまっすぐにわたしを見つめる。

「それで誕生日プレゼントを渡したいんだけど、なにがいいか相談に乗ってくんない？」

「相談？　わたしでいいのなら、もちろんだよ」

　わー、そんなことならぜひ全力で力になりたい。

「よ、よかったぁ。助かるよ」

「本気で指輪買いそうだからな、省吾は」

「指輪……？」

　千景くんが「こっちの話」と言って小さく笑った。

「いつ買いに行く？　わたしも付き合うよ！」

「えっ！　ネットで探して取り寄せようかと思ってたんだけど」

「ネットもいいけど、わたしは実際に足を運んで実物を見て探す方が好きだなぁ。どんなのがいいかなって相手のことを考えながら探すのって楽しいし、もらう方も嬉しいと思う」

「そっか、そうだよね。じゃあ今週の土曜日はどうかな？」

「土曜日？　いいよ！」

「土曜は俺が無理だから却下」

「千景、お前は呼んでない。ちなみにその日しか俺は空いてない」

「空いてなくても、どうにかしろよ」

　なぜだか不機嫌そうな千景くん。

「えーっと、わたしは東条くんと2人でも大丈夫だよ？わたしも柚にプレゼント買いたいし。あ、千景くんもプレゼント買いたいの？」

「いや、ちがうよ……」

「じゃあ誕生日まであんまり時間がないから、2人で行ってくるね」

「ほらほら、綾乃ちゃんもこう言ってることだし。俺ら2人で行ってくるから～！」

　ちっと舌打ちで返した千景くんは、このあとしばらく機嫌が悪かった。

　土曜日、東条くんと2人でプレゼント選びに奔走した。

　わたしはヘアゴムとハンドタオルを、東条くんは柚のイニシャル入りのバッグチャームをそれぞれ購入。

　お互いにとても満足のいく買い物ができた。

　喜んでくれるといいなぁ。

　お迎えのリムジンでお屋敷に帰ると、玄関で千景くんが待ち構えていた。

「楽しかった？」

「うん！　柚に似合いそうなものが買えたよ！」

「ふーん……」

「どうしたの？　まだ機嫌悪い？」

　無言でそっぽを向いてしまった千景くんは、明らかに不機嫌そう。

「ねぇ、どうしたの？　わたしがなにかしちゃった？」

　千景くんの服の裾をギュッと握って軽く引っ張る。

「千景くん？」

　下から千景くんの顔をこわごわと見上げた。

　すると、前髪の隙間から覗くきれいな瞳が大きく見開かれる。

「あ〜……もう」

　手のひらで目元を覆って、勘弁してよとでも言いたげな口調。

「なんでそんなに可愛いわけ……っ？」

　これまでに冗談で何度か言われてきたけれど……。

　はぁと吐息のようなため息のあとに、じとっと見つめ返される。

　こっちが息を呑むほど、切迫した空気が伝わってきた。

　あの千景くんが余裕を失くしてる……ように見える。

　こんな顔は初めてだ。

「怒ってるわけじゃなくて、ただ、綾乃が俺以外の男と2人でどこかに出かけたりするのが耐えられないんだ。一ノ瀬の誕生日じゃなかったら、絶対に許してない」

　え……？

「え、と、あの、よく……」

「本気でわかんない？」

「……っ」

　ほんとは一瞬、嫉妬してるのかなって思った。

　だけどそれってものすごく自惚れてるみたいで、そんな奇跡みたいなことあるはずないよね……。

　すっかり暖かくなった5月の爽やかな風が頬を撫でる。

　連休も終わって、夏らしく汗ばむ陽気。

　授業の合間の休み時間、柚と一緒にいるのが当たり前になった。

「そういえばもうすぐ球技大会だね。あたし、めちゃくちゃ張り切っちゃう〜！」

　うっ……球技、大会……。

　実はわたし、運動が大の苦手。

　一生懸命やってるつもりでも、みんなの足を引っ張る結果にしかならないんだ。

　クラスのみんなは優勝したら豪華賞品がもらえるからって、ものすごく張り切ってる。

　せめて、足手まといにならないようにしなきゃ。

「綾乃は何に出んの？」

　サンドイッチを頬張りながら、千景くんが聞いてくる。

「バスケだよ」って答えると「応援しに行くね」って返事があった。

　千景くんはどうやらサッカーに出るらしい。

「あいつにだけは、絶対負けない」

　なぜかものすごく闘志を燃やしていて、目の奥が煌々と
まるで火でもついてるみたい。

　あいつって、誰だろう。

「珍しく千景がやる気になっててウケる〜！　いつもはイ
ベントになんて出ないくせに〜！　あ、ちなみに俺もサッ
カーだよ」

「サッカーができる人ってカッコいいよね〜！　あたし、
サッカーって大好き」

　可愛く笑う柚の向かい側で、東条くんがボボボッと頬を
染める。

「いい、一ノ瀬さんも観にくるの？」

「もちろん。うちのクラスにはサッカー部の次期エースの
イケメン今野がいるから、特Sには負けないよ〜！　ね、
綾乃！」

　腰に手を当てながら、フフンッと威張る柚。

　もっぱら東条くんを応援する気はないらしい。

「イケメン……。千景……俺も全力でやる。そして、必ず
勝とう。絶対負けない」

　一瞬、黒いオーラが東条くんの周りを覆った気がした。

「当たり前」

　そう言いながら握手を交わす千景くんと東条くんのバッ
クには、メラメラと燃えさかる炎が浮かんでいる。

「あ、イケメンは余計だったかな」

　そんな柚の声は東条くんには届いていないようだった。

　球技大会当日。

　どの競技でもそこそこ盛り上がってはいるものの、サッカーだけは別格で。

「きゃああああ！」

「千景様〜、東条くーん！」

　学年中、いや、全校生徒といっても過言ではないほどのギャラリーの姿がグラウンドにあった。

　わたしたちのクラスは決勝まで勝ち上がり、同じく順調に勝ち進んできた特Ｓクラスとの優勝をかけた対決。

　青空の下、２対２の同点で、そこはもうサッカースタジアムのような熱気に包まれている。

　幸いわたしたちは優勝候補クラスに所属しているということで、応援席として設けられたテントの下にいるんだけど。

「いけー、今野！　がんばれ〜！」

　最前列で大声を張り上げる柚。

　序盤から気合いが入っている千景くんと東条くんは、特Ｓクラスの中でもダントツで目立っていた。

　そして、今野くんも。

　さすがサッカー部の次期エース候補ということだけあって技術がとてもずば抜けている。

　わたしはというと、自分のクラスを応援しなきゃいけないのに……。

　試合が始まってからずっと、千景くんの姿を目で追っていた。

　確実なパスでシュートに繋げているし、ボールさばきもすごい。

　……さすが千景くん。

　うちのクラスの男子たちも特Sクラスと互角に戦っていて、接戦を繰り広げている。

「きゃあああ、千景様〜！　そのままゴールよ！」

　千景くんがドリブルしながらゴールへ走る。

　だけどディフェンダーにボールをカットされて、その拍子に大きく前のめりに転倒した。

「あ！」

　わたしは思わず立ち上がり、拳を握る。

　駆け出しそうになる自分の足に力を入れてぐっとこらえた。

　大丈夫かな……？

　千景くんはすぐに立ち上がってボールを追ったけど、そこにさっきまでのスピードはない。

　なんだか顔をしかめているような気も……。

「ちょっとイメージダウンだよね」

「ね〜……！　コケるなんてカッコ悪い……」

「そこは決めてほしかったな」

　一部の女子たちの声が場の雰囲気を悪くさせる。

　……。

　わたしはさらにぐっと拳を握って、無意識に声を張り上げた。

「がんばれ〜、千景くんっ！」

　つい熱がこもりすぎて、叫ぶような格好。

　はぁはぁと肩で大きく呼吸する。

「いけー！」

　思ったよりも大きな声が出て、あたりがシーンと静まり返る。

　選手たちはもちろん、ギャラリーの女の子たちからの視線もわたしに向けられた。

　ひゃあ、恥ずかしい……っ。

　つい、ムキになって叫びすぎたっ。

　プシューと顔が音を立てそうなほど真っ赤になった。

「ふはっ」

　あたふたしていると千景くんと目が合ったような気がして、にっこり微笑まれる。

　足をかばっているように見えたのはわたしの勘違いだったのか、千景くんはそこからぐんぐんスピードを上げてボールを奪うと、華麗にドリブルしながらゴールへ走っていった。

　今野くんが後ろから追いかけるけど、千景くんとの差は縮まらない。

　そして、千景くんがゴールへ向かって狙いを定める。

　その真剣な横顔にドキドキして、わたしまで手に汗握った。

　がんばれ……がんばれっ！

　心の中でエールを送ると、まるで呼応するように千景くんが強くボールを蹴った。

　　──ザッ。

「きゃあああ！」

「千景様ー！」

　シュートが決まった瞬間、あちこちから歓声が湧き上がる。

　　──ピーッ。

　そこで試合は終了した。

　同点のまま引き分けになるかと思いきや、ドタバタでのゴールでうちのクラスは惜しくも敗れた。

「あーあ、負けちゃった……桐ケ谷め〜……！」

　悔しがる柚の隣で、わたしは自分の胸に手を当てた。

　ドキドキ、してる……。

　千景くんの姿が眩しすぎて目が離せない。

　ほんとなら柚みたいに悔しい気持ちになってもいいはずなのに……勝敗なんて今のわたしにはどうでもよかった。

　午前中のプログラムが終了し、お昼休みに突入。

「あー、お腹空いた〜！　食べよー！」

「ごめん、柚。わたし、千景くんのところにいってくる！」

　サッカーの試合が終わってすぐに校舎の中へと消えていった千景くんのことが気になった。

　生徒玄関を抜けて廊下を走っていると、ふと柑橘系の匂いが鼻をくすぐった。

　まさかと思って中庭に視線をやると、ベンチにうなだれるように座っている人影を見つける。

　千景くん……？

　駆け寄っていくと、曖昧だった疑いが確信に変わった。

　やっぱり千景くんだ。

　しかも、つらそうに顔をしかめている。

　もしかして……！

「千景くんっ！」

「綾乃……？」

　わたしの声にハッとしたような表情を浮かべる。

　千景くんの前まで行き、失礼かと思いながらも我慢ができなくて左足のジャージの裾をめくり上げた。

「やっぱり……」

　足首のところが赤く腫れている。

「つ……っ」

　そっと触れると、千景くんが声にならない声を出した。

「痛い……？」

「……全然」

　そう言った千景くんの眉がピクッと動いた。

「うそ。めちゃくちゃ腫れてるもん」

「大丈夫だよ、そんくらい。へーきへーき」

「だめ！　骨が折れてたらどうするの？　とにかく保健室に行こう」

　なんとか千景くんを説得して保健室へ付き添った。

　だけど保健の先生は体育館で出たケガ人の手当てで不在のようで、書き置きがしてあった。

「そこのイスに座って足を上げてくれる？」

　そう言うと、千景くんはケガ人用の丸椅子に座って足を

台の上に乗せた。

　まずは足の腫れ具合いを確認するため、ジャージをめくってくるぶしまでの短い靴下を脱がせる。

「……てっ」

　少しの衝撃が刺激になったようだ。

「ご、ごめんね！って、さっきよりも腫れてる」

　えーっと、まずは……。

　球技大会だからなのか、必要な物品が手の届く位置にたくさん並べられている。

　まずウェットティッシュで腫れてる部分をきれいに拭き、傷がないかをチェックした。

　大丈夫だとわかってから湿布を貼って、氷水が入ったビニール袋で患部を冷やす。

　千景くんはそのときもつらそうに眉をピクッと動かした。

　相当我慢強いのか、痛いとはひとことも口にしなかったけれど。

「カッコ悪いね、俺……情けなさすぎる」

　腕で顔を覆いながら、元気がなさそうな千景くんに首をかしげる。

「カッコ悪くなんてないよ？」

　だって。

「さっきのシュート……すごくカッコよかった」

　ボールがゴールネットを揺らした瞬間、わたしの中でなにかが弾けたような気がしたの。

「いつも、いつだって……千景くんは素敵だよ？」

　緊張して、小さな声しか出ない。

「みんなにモテモテだし、人気者で……ほんと尊敬しちゃう」

「そんなのみんな俺の上辺しか見てないからだよ。みんな俺をステータスでしか判断しない。ほんとの俺は情けないくらいカッコ悪いし、褒められるようなことなんてなにもしてない」

　苦し紛れに吐き出された声。

　それは切実な千景くんの本音のようだった。

　御曹司という注目される立場で、これまでにたくさんの人からいろんなことを言われてきたのかもしれない。

「いつだってわたしを助けてくれて、優しい千景くんのことが……好きだよ？　たとえカッコ悪くても、そんなところも含めて千景くんなんだし、自分を否定する必要はないんじゃないかな」

　目の前の弱々しい千景くんも、わたしをからかって笑っている千景くんも、強引でドキドキさせるようなことばかり言う千景くんも全部。

　椅子に座る千景くんを、立ったまま上から見おろす。

　頭のてっぺんから、つま先まで見えた。

　いつもは逆で、わたしが見おろされる立場だからなんていうか……照れる。

「綾乃が言う好きって……」

　そのままの格好で手を伸ばしてきた千景くんに、腰の部

分を引き寄せられた。

　——ギュッ。

　わたしの腹部に頭を寄せて、抱きしめてくる千景くん。

　ひゃあ……！

　——ドキンドキン。

　シーンと静まり返る保健室内に、わたしの鼓動の音だけが響いているような感覚。

「こういうこと……？」

　上目遣いで見てくる千景くんの顔は、とても真剣で。

　まるで射抜くような眼差しだ。

「俺にこういうことされたいって意味の好き？」

　これ以上はもう、心臓が破裂しそうだよ……。

　まともに目を見られなくて、恥ずかしさを隠すように下唇を噛みしめる。

「ち、がう……」

　なんとか絞り出した声で、そう返事をした。

「うん、そうだよな。ごめん、変なこと言って」

　最後に『ありがとう』と、聞こえるか聞こえないかくらいの声で千景くんは言った。

TURN＊3

淡い夢

　お風呂から出て、ノースリーブに短パン姿でベッドの上に大の字になる。

　寝心地がよくていつもはぐっすりなのに、最近は寝る前に千景くんのことを考える時間が増えた。

『俺にこういうことされたいって意味の好き？』

　あれから、ううん、多分それよりもずっと前から、千景くんのことを男の子として意識してる。

　住む世界がちがうからっていうのはただの言い訳……。

　ちがうって返事をしたけど……実際は。

　同じお屋敷で生活してても千景くんは習い事や色んなことで忙しくて、一緒にいられる時間はご飯のときくらい。

　──コンコン。

「！」

　だから、夜に部屋のドアがノックされるなんてとても珍しいことだった。

　内ドアからのノックだから、相手は千景くんしかいない。

　顔、赤くないよね……？

　気合いを入れてドアを開けると、そこにはお風呂上がりなのか髪の毛が濡れている千景くんが立っていた。

　そのせいなのかいつもよりも色っぽく見えて、ドキッとする。

「ど、どうしたの？」

「なにしてんのかなって。もう寝ようとしてた？」

「ううん、まだ寝ないよ」

「っていうか、いつもそんな格好でいいの？」

「え？」

　そう言われて首をかしげる。

　変かな、この格好。

　お気に入りの部屋着なんだけど。

「最近暑いから。わたし、体は丈夫な方だから風邪引いたりしないよ？」

「いや、そうじゃなくて……肌、見せすぎ」

　ん？

「まさか、そんな格好で家の中ウロウロしてたりしないよね？」

「しないよ。部屋の中だけ」

　似合ってないから、そう言いたかったのか、わたしの言葉に険しかった千景くんの顔がゆるんだ。

「あ、でも、たまに如月さんとか部屋に呼びに来てくれる人には見られちゃってる……」

「は？」

「……っ」

　お見苦しいものを見せてしまっていたのなら、申し訳ない。

「…………」

　千景くんは無言でわたしの腕を引き寄せた。

　そして背中に手を回して抱きしめてくる。

「あ、あの……」

　Tシャツの上から伝わってくる千景くんの体温に、ドキドキが止まらない。

「綾乃ってほんと、危なっかしい」

　そう言って後ろ手に後頭部を撫でられた。

「……っ」

　千景くんの腕の中でギュッと目を閉じる。

　——ドキンドキン。

　千景くんの？

　それとも、わたしのかな。

　こうされてても嫌じゃないなんて……。

「俺以外の男に隙なんて見せないで？」

　全然意味がわからない。

　ただ、ものすごくドキドキさせられた。

「綾乃が寝つくまで、そばにいていい？」

　コクンと小さく頷くと、千景くんはわたしの手を引いてゆっくりベッドに座らせた。

「寝つくまでずっとそばにいるから」

「……っ」

　寝れるはず、ない……。

　だけど、優しく頭を撫でてくれる手のひらがとても心地よくて。

　いつの間にか深い眠りに落ちていた。

　次の日——。

「綾乃」

「んっ……」

「朝だよ」

　窓の外から葉っぱの擦れる音がする。

　ほっぺをプニッとつままれて、まどろみの中から徐々に意識が戻ってきた。

　うっすら目を開けると、そこには──。

　肘をついて頭だけを上げた千景くんがわたしを見おろしている。

　いや、待て待て。

「なななな、なんで!?」

　どう見てもここはわたしの部屋で、なんでか同じベッドに寝ている状態。

　驚きすぎて、目が点になった。

「綾乃の寝顔見てたら、離れにくくなってさ」

　なんて言いながらあくびを嚙み殺しているのんきな千景くんは、動揺している素振りなんて微塵もない。

　やっぱり……慣れてる。

　これまでにも女の子と朝を迎えるような日があったってこと……？

　──チクッ。

「おはよう」

　なんでそんなに爽やかに笑っていられるの？

　わたしは心臓がバクバクしすぎて潰れちゃいそうだってのに。

　勢いよく起き上がると目の前がクラクラして、頭が真っ

白になった。

　ああ、もう、わたしってば意識しすぎ……っ。

　とっさにベッドに手をついて体を支える。

「顔が赤いけど？」

「だ、誰のせいだと……っ」

「へえ、俺のせい？」

　うっ、からかってる。

　だってそんな表情だもん。

「きゃ……っ！」

　ベッドについた手を取られて、支えを失くしたわたしの体がドサッとシーツに沈んだ。

　見上げた先では、さらさらのブラウンの髪が揺れている。

　前髪の隙間から覗く、ゾクッとするほどの憂いを帯びた熱っぽい千景くんの瞳。

「俺のこと、少しは意識してくれてる？」

　わざとらしく耳元に唇を寄せて、そんな目で見つめられると体の奥が刺激されておかしくなりそう。

「ずるい……」

　いつもわたしばっかりドキドキさせられて、わたしばっかり……。

　──ギュッ。

　千景くんの首に腕を回して抱きついた。

　そうくるとは予想していなかったのか、これまで余裕そうだった千景くんの体がビクンと跳ねる。

「……っ」

　千景くんがゴクリと息を呑んだのがわかった。

　まだ足りない……？

　そう思ってさらに腕に力を込めてみる。

　まさかこんなに大胆なことができるなんて、自分でも
ビックリだよ。

　体がものすごく熱い……。

　ふわふわと浮くような変な感じまでしてきて、目の前が
ボーッとする。

　……これはちょっと異常だ。

　もしかしたら、そのせいでこんなことができちゃうのか
も。

「わかってる？」

「へっ……？」

「そんな可愛いことされたら、もう止まんないよ？」

「……っ」

　頬にそっと柔らかいものが当てられる感覚がした。

　くすぐったくて、思わず身をよじる。

　もう、だめ、かも……。

「綾乃……？」

　ヘナヘナと腕から力が抜けて、全身に力が入らない。

「なんだか、変……かも」

　なにやら察したらしい千景くんの手のひらが、今度はお
でこに当てられた。

「あっつ」

　──どうやら熱があったらしい。

　すぐに如月さんが体温計を持って来てくれて、測ってみたら38.9℃。

　丈夫さだけが取り柄だったわたしが、熱を出すなんて……。

「大丈夫？　そんな格好で寝るからだよ。これからは一切肌を出さないようにしないと」

　言い返す言葉もなく、千景くんの手によって、おでこにペチッと冷却シートが貼られた。

　端っこまでくっつくように指先でしっかり伸ばしてくれる。

「他にしんどいところは？」

「だい、じょぶ……」

「喉渇いてない？　体も熱いし、汗かいてる」

　千景くんの優しい声がボーッとする頭に響く。

　高熱のせいか思考がまともに働かない。

　眠気と体のだるさが一気に襲ってきて、わたしはそっと目を閉じた。

「はっ……！」

　次に目を開けたのはお昼過ぎで、全身にびっしょり汗をかいていた。

　苦しくて、かなりうなされていたような気がする……。

　朝よりも体のだるさが楽になり、意識もはっきりしてる。

「綾乃！」

「千景、くん……」

　ずっとそばにいてくれたのか、千景くんは朝と同じ格好

で髪も寝ぐせがついたままだった。

「大丈夫？」

　そばまできた千景くんはベッドの端っこに座って、心配そうにわたしの顔を見おろす。

　手にタオルを持っていて、付きっきりでわたしの顔に浮かぶ汗を拭ってくれていたらしい。

「千景くん、学校は……？」

「ん？　俺らのクラスだけ特別に休みなんだ」

「…………」

　うそ。

　そんなわけない。

「綾乃のことが心配で、勉強なんて手につかないよ」

　またそんなセリフを……。

　熱がぶり返したら千景くんのせいだ。

「それより体の調子はどう？」

「おかげさまで楽になったよ」

「よかった……」

　ホッと安堵の息を吐き出す千景くん。

「ごめんね」

「なんで謝るの？」

「だって、千景くんには迷惑かけてばっかりだから」

　学校まで休ませちゃうなんて……。

　それに、ずっとそばについててくれた……。

「綾乃は遠慮しすぎ。もっと俺に甘えてよ」

　弱った心に千景くんの優しさがスーッと染み込んでく

る。

　両親以外に頼れる人がいない中、不安だらけだったけれど、千景くんだけはいつもわたしの味方でいてくれる。

　弱りきったこんなときには、とても頼もしくてありがたい存在だ。

「ほんとに、ごめ――」

「それ以上謝ったら、キスして唇塞ぐから」

「へっ……？」

　目をパチクリさせていると、千景くんはさらにすごいことを言い放つ。

「誰かにうつした方が早く治るっていうし？　綾乃の風邪なら、もらってもいいかな」

　指先がそっと頬を撫でたとき、ふと脳裏によぎった柔らかい感触。

　たしか、朝……。

　熱でボーッとしてたけど、頬にキスされたような……。

　きゃあああ！

「試してみる？」

　クスッと笑う千景くんから目が離せない。

　確実に体温が上昇したのがわかって、唇をギュッと噛みしめた。

「なーんて、冗談だよ。本気にした？」

「も、もう……っ！」

　なんで、そんな冗談……。

　またからかって遊んだだけ？

　夜中、目が冴えて寝れず、喉が渇いて水を飲みに行こうと起き上がった。

　まだ少しふらふらするけれど、1日中休ませてもらったおかげで熱はすっかり下がっている。

　明日は学校に行けそうで一安心。

　食堂まで来たとき、誰かが中で喋っている声がした。

　とっさに立ち止まって、自分の姿を今一度確認する。

　汗をかいたから着替えてジャージに薄手のシャツといった格好。

　変じゃないよね?

　千景くんに言われて、これでも一応気にしてるんだ。

　少しだけ開いていたドアから中をそっと覗くと、そこには如月さんともうひとり、スーツの男の人がいた。

「ええっ!?」

　如月さんではない別の人が大きな声を張り上げたのを聞いて、思わず背筋がピンと伸びる。

「千景様のお誕生日パーティーに婚約発表!?　お、お相手は?」

　婚約、発表……?

　それって誰の話……?

「え、有名企業のお嬢様ですか?　それは誠におめでたい!」

　目の前がグラグラ揺れる中、聞こえてきた言葉を頭で整理する。

　千景くんの誕生日に、有名企業のお嬢様との婚約発

表……。

　胸をナイフでグリグリとえぐられるような感覚がした。

　喉が渇いていたことなんてすっかり忘れて、わたしはそのまま小走りで部屋に戻ってベッドに潜り込んだ。

　横になった途端、気がゆるんだのか目にじわっと涙が浮かぶ。

　なんでわたし、傷ついてるの。

　いつの間にか、千景くんの存在がこんなにも大きくなっていたなんて……。

　結局夕べは一睡もできず、朝方に少しウトウトしただけだった。

　おかげで目は腫れぼったくて、体調も万全とは言えない。

　それでも重い体を起こして食堂へ行くと、すでに起きていた千景くんがにっこり微笑んでくれた。

「おはよう」

「お、おはよ」

「体調はどう？」

「もうすっかり元気だよ」

　知らなかったよ、婚約者がいたなんて……。

　どうして言ってくれなかったの？

　婚約者がいるのに、わたしを散々甘やかす千景くんがよくわからなくなっちゃった……。

　幼なじみ。

　わたしたちの関係はそれ以上でも以下でもないってことかな。

「綾乃？　食べないの？」

「あ、はは。ちょっと食欲がなくて……」

「少しでも食べないともたないよ？　なにか食べたいものがあれば作らせるから遠慮なく言って？」

　うんうんと、千景くんの後ろにいる如月さんまでもがわたしに力強く頷いてくれる。

「ううん、大丈夫！　このハムエッグ美味しそ〜！　いただきまーす！」

　千景くんが心配するから、無理やり胃に流し込んだ。

　いつもならとてつもなく美味しい味がするのに、今日はなんの味もしない。

　学校に着いてからも気分は浮かなくて、お昼休みも笑って過ごせる気がしなかったので今日は別々で過ごすことに。

「どうしたの？　ずっと元気ないじゃん」

　蒸し暑い屋上のベンチに柚と並んで座る。

　朝ほとんど食べられなかったのに、お昼になってもお腹が空かないなんてよっぽどだ。

　季節はもうすっかり梅雨で、ジメジメとした鬱陶しい空気が肌にまとわりつく。

「なにかあった？」

「ううん、何もないよ」

「そう？　あ、来週のお祭りなんだけど東条くんに誘われたんだよね〜。２人だとちょっとあれだから、綾乃も桐ケ谷誘って一緒に来ない？」

「お祭り？」

「うん。この辺で一番大きなお祭りがあるの。屋台もズラッと並んで、花火も上がるんだ。一緒に行こうよ」

　もしも、昨日の話を聞いていなかったら、まちがいなく千景くんを誘っていた。

　でも……今はそんな気分にはなれない。

「……」

「やっぱり喧嘩したんでしょ？　お祭りに誘ってさっさと仲直りしちゃいなよ」

「やだ、そんなんじゃないから」

　千景くんには千景くんの世界があって、そこはわたしが足を踏み入れちゃいけない場所なんだ。

「じゃあ綾乃だけでもいいから一緒に行こ？　ね？」

　お祭りには行きたい。

　東条くんの気持ちを知ってるから、応援してあげたいとも思う。

　3人って確実にわたしは邪魔者だよね。

　うむむむむっ。

　柚は2人だと行かないって言い出しそうなので、すごく悩む。

「俺が一緒じゃだめ？」

　偶然通りかかった今野くんが話に入ってきた。

　たまたま部活が休みなのと、わたしが困っているのを察してくれたみたい。

「あたしは全然いいけど、綾乃は？」

「もちろんっ！」

「…………」

　心なしか柚の顔がぎこちなく引きつったような。

「綾乃がいいなら、あたしはなにも言ーわない」

　これでいいんだと自分に言い聞かせて、極力千景くんのことは考えないようにした。

好きになっちゃいけない人

　どこまでも続く屋台の提灯（ちょうちん）と人の波。

　大きなお祭りなだけあって、川沿いの道にはズラリと屋台が並んでいる。

「成瀬！」

　河川敷の大きな木の下で待ち合わせること５分。

　一番最初に到着したわたしの次にきたのが、今野くん。

　そして東条くんと柚がきて、お祭り会場までの道のりを歩いた。

　柚はオレンジ色の鮮やかな浴衣姿で、髪の色とマッチしていてすごく可愛い。

　それを見た東条くんが「うっ！」と左胸を押さえていた。

「ちっ、成瀬は浴衣じゃないのかよ～！」

「期待に沿えなくてごめんね～！」

　冗談っぽく笑う今野くんにわたしも笑って返す。

　これくらいの軽いノリが沈んだ心にはちょうどいい。

　今野くんの私服は青系のチェックのシャツに薄い色のジーンズ、そして足元にはスニーカー。

　スタイルがいいので、とても似合っている。

　対するわたしはシンプルなボーダー柄のロングワンピースにサンダルだ。

　東条くんは蒸し暑いにも関わらず、ジャケットを羽織ってキリッとした大人っぽい格好。

　柚と並んで歩いてる姿を見ると2人はとてもお似合い。

　人に埋もれながら屋台を見て回る。

　なんとなく気分が浮かない原因は、自分でもわかってる。

　千景くんのこと……。

　今日千景くんは習い事で忙しいらしく、朝ごはんのあとから一度も顔を合わせていない。

「成瀬はなにがいい？」

「へっ？　うわっ！」

　前から歩いてきた人とぶつかりそうになって、とっさに今野くんの方へ。

　すると思いっきり体がぶつかってしまった。

「ご、ごめんねっ！」

「いや、全然。大丈夫？」

「うんっ、わたし、チビだから……ごめん」

「謝る必要ないよ。俺、成瀬くらいの身長の子って、好きだし」

　今野くんは照れたように頬をかいて、小さくはにかんだ。

「そっか、今野くんって小さい子がタイプなんだ！」

「タイプっていうか、まぁ……うん。それよりなに食べる？」

　うまく濁されたような気もするけど、それはいいとして。

　屋台にぐるりと目を向けたけど、特に食べたいものはない。

　というよりも、食欲がなくてお腹が空かないだけなんだけど……。

「今野くんが食べたいものでいいよ」

　他愛もない話をしながら、たこ焼きの屋台の列に並んだ。

　千景くんはなにが好きかな。

　たこ焼き？

　焼きそば？

　ベビーカステラ？

　りんご飴？

　いつも高級なものばかり食べてるイメージだから、お祭りの食べ物を食べる想像がつかない。

　なんて、わたしってば今野くんといるのに千景くんのことばっかり考えてる。

　千景くんを想うと胸が締めつけられて苦しいのは、どうしてかな……。

　4人で河川敷に座って花火が始まるのを待つ。

　その間にしっかり腹ごしらえを終えた今野くんが、わたしの肩を叩いた。

「はい、あーん」

　振り向いたのとベビーカステラが口の中に押し込まれたのは、ほぼ同時。

「むぐっ……」

　条件反射で思わず口を動かして咀嚼する。

「美味しい……」

「だろ？　元気出た？」

「…………」

　わたしったら、今野くんにまで気を遣わせちゃうなんて。

「ありがとう。ごめんね……」

今日はほんとにだめだめだ。

どうしても気分が上がらない。

「あ、綾乃っ！」

突然柚が叫んだ。

前方を指さして、なにやら目を見開いている。

「？」

つられるように、柚が見ているところに視線を向けた瞬間——。

——ドクン。

「ち、かげ、くん……？」

千景くんが無表情でこっちを見ていることに気づいた。

う、うそ。

なんで、いるの？

それだけじゃない。

千景くんの隣には女の子の姿があった。

暗くて顔はよく見えないけど、シルエットから浴衣だということがわかる。

誰……？

小顔で背が高くてほっそりしてる上に、千景くんと並ぶとバランスがよくてお似合いで心臓がドクドクと変な音を立て始める。

目が合って数秒、脳裏によぎった『婚約者』の文字。

「ちかくん、早く行こうよ〜！　喉渇いた〜！」

女の子に腕を引かれながら、千景くんはスッと視線をそらす。

　そして屋台が並ぶ人混みへと消えていった。

　2人の背中が見えなくなってからも、わたしはそこから動けなくて。

　ゆらゆらと揺れる提灯の明かりをぼんやりと見つめる。

「なに、あれ。なんで桐ケ谷が女子といんの？」

　あ、だめだ……。

　泣きそう……。

「ねぇ、意味わかんないんだけどっ！　東条くん、どういうこと？」

「いや、俺にもさっぱり……」

　千景くんのことになると、なんでこんなに心が揺さぶられるんだろう。

　悲しい気持ちがこみ上げてきて、わたしはグッと唇を噛んだ。

　婚約者……。

　きっとそうだ。

　じゃなきゃ一緒にいたりしない。

　すごく仲が良さそうだったよね……。

　突きつけられた婚約者という現実に、じわじわと涙が浮かぶ。

「ごめん……わたし、帰るね」

　涙がこぼれ落ちそうになって、とにかく早くひとりになりたかった。

　素早く立ち上がって、駆け出す。

「ちょっと綾乃！」

　ごめん、柚……！

　もう無理だ……。

「……っ！」

　河川敷を駆け上がって屋台が立ち並ぶ道まで出たあと、人の流れに逆らってひたすら前へと突き進む。

　バカ……。

　こんな状況になって初めて気づかされるなんてっ。

　なんで今になって、好きだなんて……っ。

　走っていると涙が横に流れて消えていった。

　胸の痛みはいつまでも消えなくて、どんどん大きくなるばかり。

「はぁはぁ……っ」

　やみくもに走って大きな駅の前までできたとき、なにかに躓いた。

「きゃっ……！」

　──ドサッ。

　アスファルトの上に体が叩きつけられて、全身に痛みが走った。

「う……っ」

　痛い……。

　だけど、体よりも……心の方がもっとずっと。

　──パーン。

　背中の方で花火が打ち上がる音がした。

　全身がズキズキ、ヒリヒリ。

　なにをやってるんだろう。みっともなさすぎる。

　悲しくて苦しくて、こみ上げる涙を堪えるために歯を食いしばる。

　──この恋は叶わない。

　優しかったりどんなときも助けてくれるのは、わたしが千景くんの幼なじみだから……。

　千景くんは好きになっちゃいけない人だったんだ。

　一夜が明けてスマホを見ると、柚から鬼のような着信とメッセージが入っていた。

　よく見ると今野くんからも何件かメッセージがあった。

　心配させちゃったよね……。

　すごく申し訳ないことをした。

　ちゃんと謝らなきゃ。

　まずは柚に電話をかける。

『やっと繋がった！　めちゃくちゃ心配したんだからね！』

　耳元でキーンとした声がして、思わずスマホを耳から遠ざけた。

　叫ぶような勢いで電話に出た柚が、今どんな顔をしているのか簡単に想像できる。

「……ごめんね」

『いいけどさ、詳しい説明を求む。ってことで、今からうちに遊びに来ない？』

「うんっ……！」

　このままメソメソしてても意味ないし、閉じこもっているのはわたしらしくない。

　着替えを済ませて部屋を出てから、大広間にいる如月さ

んに声をかける。

「おはようございます」

「おはよう、ございます。今日お出かけしてもいいですか？」

「それでは送迎車を準備いたします」

　千景くんはまだ起きていないようで、姿どころか気配もない。

　どんな顔で会えばいいかわからなかったから、正直ホッとした。

「ええっ!?　婚約者？」

　柚が住むマンションの近くまで送ってもらい、部屋へと案内されたあと。

　お菓子を食べてた柚の口から、驚きのあまりポロッとこぼれた。

「な、なんなの、それっ！」

「どうやら婚約者がいたみたい……」

　婚約者……。

　胸が痛くて締めつけられる。

「昨日の女がそうだってこと？　ちょっと待って、意味わかんないからっ！」

「本当は好きになっちゃいけなかったのに、好きになっちゃった……」

　目に浮かんだ涙をそっと拭う。

「千景くんは、幼なじみとしてわたしを大事に想ってくれてただけだったのに……」

「いやいや、どう見てもそうじゃないでしょ」

「？」

「わかってないの？　綾乃って、ほんとどこまでも……桐ケ谷が不憫に思えてきたわ。それより、ようやく好きだって気づいたの？」

　ようやく……？

「婚約者のことはあたしはなんだか腑に落ちないな。一度ちゃんと聞いてみたら？　案外、綾乃がこじらせてるだけかもしんないよ？」

「それは……」

「これでほんとに婚約者とかだったら、綾乃は絶対に桐ケ谷なんかに渡さないんだからっ！」

　なにやら柚が覚悟を決めたように拳を握っている。

「たしか桐ケ谷の誕生日は終業式の日だよ」

「終業式？」

　まだ１ヶ月くらい先だ。

「すごい、誕生日まで知ってるんだ？」

「まぁ、３トップのことならね」

　３トップ……。

「千景くんと東条くんの他に、もうひとりいるんだよね？」

　前にもちらっとそういうこと言ってたし。

「知らないのは綾乃くらいのもんよ。３トップのもうひとりは、水谷春っていうの。見た目は黒髪メガネの知的な美少年。当たりは爽やかだけど、敵にまわすと怖いタイプ」

　柚の話によると、水谷くんのお父さんはわたしでも知っ

てるくらい有名な通販会社『ソソタウン』の代表取締役ら
しい。

「ただ女ぐせが悪くて、色んな子と遊んでるって噂がある
の。だから気をつけてね！」

「心配しなくても、関わることすらないよ」

　そんなすごい人……。

「まぁ、念のためよ、念のため」

　話半分に『うん』と返事をしておいた。

　帰りは徒歩で40分歩いた。

　屋敷が近づいてくるにつれて、足取りが重くなって気が
滅入る。

　柚に話を聞いてもらって楽になったと思ったのに、千景
くんに合わせる顔がなさすぎる。

　はぁ……胃が痛い。

　ん？

　あれ？

　屋敷の裏門の前に誰かが立っているのを見つけた。

　わたしが近づいていくと気配で気づいたのか、ゆっくり
とその人が振り返る。

　うわ、貴公子みたいな美少年……。

　天使の輪っかができそうなほどの艶のある黒髪と、目鼻
立ちがはっきりとした聡明な顔立ち。

　メガネがこんなに似合う人は他にいないかもしれない。

　誰だろう、千景くんのお友達？

「こ、こんにちは」

　目が合ったので無視するわけにもいかず、無難に挨拶を
して頭を下げた。
「どーも」
　ニコリと挨拶を返されて、スマートにお辞儀まで添えて
くれた。
「千景くんのお友達ですか？　わたしは成瀬綾乃っていい
ます」
「成瀬……そっか、きみが。へえ」
　なぜだか上から下までじろりと見つめられた。
　品定めするような視線に、居たたまれなくなってくる。
　なんだかこの人の瞳が怖い……。
　なにを考えてるかわからないところが、とても。
「あのちかがこんな女にご執心とはね……」
「えっ？」
　ちょうど生温い風が吹いて、その人の声が聞き取れな
かった。
「なんでもないよ。それじゃ、俺はこれで」
　なにをしにきたんだろう……。

誤解、難題、すれ違い

柚の家から帰宅して、抜き足差し足忍び足で千景くんの部屋の前を通って自分の部屋へ。

忙しい千景くんのことだから、部屋にいないと思うけど……。

立ち止まり、じっと千景くんの部屋のドアを凝視する。

今頃、なにをしてるんだろう。

もしかすると、婚約者さんと一緒にいるのかも。

お祭りにも行くほど仲良しなんだもんね。

腕、組んでたし……。

——ズキン。

やめやめ、そんなことを考えても苦しくなるだけだ。

どうして好きになったのが千景くんなんだろう。

すぐに涙があふれてくるほど、いつの間にこんなに大好きになってたんだろう。

「……っ」

このままモヤモヤしたままなのは嫌だ。

傷つくことになっても、千景くんの口から婚約者のことをちゃんと聞きたい。

覚悟、決めなきゃ……。

「あの、千景くんは？」

珍しく食堂に千景くんの姿がなかった。

夜ご飯になっても姿を見せないなんて、こんなことは初

めてだ。

「お部屋にいらっしゃるかと。ご夕食はあとでとおっしゃっていましたので、綾乃様は先にお召し上がりください」

「そう、ですか」

「千景様となにかあったんですか？」

　サラダのレタスをモソモソ頬張っているわたしに、如月さんが言う。

　千景くんの側近さんだけど、基本的にわたしのそばにもいてくれるので、今ではついなんでも頼ってしまいがち。

「なんかってほどのことじゃないです」

　わたしが一方的に傷ついただけ。

　好きに……なっただけ。

「さようでございますか。綾乃様に元気がないように見えましたので」

「そんなこと……」

「小さいとき千景様は自分の感情をあまり表現しない子だったのですが、綾乃様と出会ってからはみるみるうちに明るくなられて。旦那様も奥様も、それはそれは大変お喜びでした」

「え？」

「世界的にも有名なご両親のご子息ということで、見えない重圧を一身に受け止めておられたんだと思います。

　周りの子も千景様には一目置いておられましたし、対等に接してくれる綾乃様の存在に救われていらっしゃったのかと」

「…………」

　如月さんは感情を抑えるようにぐっと唇を噛んだ。

　いつもは無表情なのに、千景くんのことを大切に思ってることが端々から伝わってくる。

　千景くんが小さい頃からそんな境遇に身を置いていたなんて、ちっとも気づかなかった。

「我々は綾乃様のことも同じく大切に思っております。そんな綾乃様になにかあってはご両親に顔向けできないという思いももちろんありますが、一個人として元気がない綾乃様を見過ごせないのですよ」

「……っ」

「もちろん、私同様旦那様も奥様も綾乃様の味方でございます」

　そんな風に言われたら、ただでさえゆるくなった涙腺がまた……。

　如月さんっていい人なんだ。

「なにかありましたら、いつでも遠慮なくおっしゃってくださいね」

「ありがとう、ございます……っ！」

　如月さんの優しさが胸にしみる。

　頼る頼らないはべつにして、千景くんの周りの人はみんな温かい。

　それはきっと、千景くん自身がそうだからだよね。

　優しくて時々ちょっと強引。

　そんな千景くんが大好き。

　恋愛感情さえ持たなければ、千景くんともうまくやって
いける。

　今の関係を壊したくないから、この想いはわたしの中
だけにしまっておこう。

　きっと、それが一番いい方法。

　週明けの月曜日、部屋を出たところで千景くんとバッタ
リ鉢合わせた。

　土曜日のお祭りの夜以来だから、ものすごく気まずい。

「お、おはよう！」

「…………」

　千景くんは無言でわたしの顔をじっと見つめてくる。

　唇を尖らせてあからさまに不機嫌そうだ。

　どうして……？

「おはよ」

「きょ、今日もいい天気だね～！」

　ああ、話題が浮かばないからってなに言ってんのっ。

　しどろもどろになってるわたしを見て、千景くんが怪訝
な目を向けてくる。

　聞きたいことはたくさんあるのに、肝心の言葉が何ひと
つ浮かばない。

「お祭りの日、なんであいつと一緒にいたの？」

「あいつ……？」

「今野」

　わたしに向けられる遠慮のない瞳。

　ニコリともせず、責めるように見られて、萎縮してしまった。

　なんで、そんなに怒ってるの……？

「あーいうの、ダブルデートっていうんだっけ？　やけに親しげだったよな」

「……っ」

　これまでからは考えられないほどの低い声。

　千景くんは凄まじいほどのダークなオーラに包まれていて、感情の読めない声で続けた。

「好きなんだ？　今野のこと」

　多分……今野くんのことをよく思っていないんだ。

　なんでなのかは、よくわからないけど……。

「だから一緒にいたんだろ？」

　ちがうって、そう言いたいのに──。

　すべてを拒むような雰囲気の千景くんを前にすると、言葉が出てこない。

　千景くんはフイッとわたしから顔をそらした。

「もう、いいよ。勝手にすれば？」

　初めての拒絶の言葉。

　いつも優しい千景くんの口から放たれた言葉だとは、どうしても思えない。

　ううん……思いたく、ない。

　せめてもっとちゃんとわかるように説明してよ。

　一方的に理由も言わないなんて──。

　……千景くんだって……。

　他の女の子と一緒だったじゃん……っ！
「綾乃なんて、もう知らない」
　理不尽に責められる意味がわからなくて、頭にカッと血がのぼる。
「……って」
　我慢できなくなって思いっきり叫んだ。
「わたしだって……もう知らないんだから！　千景くんの方こそ、勝手にすればいいんだっ！」
　息も絶え絶えになりながら、頬に流れる涙も気にせずに。
「だいたいね……」
　婚約者がいるくせに……っ。
「優しくなんかしないでよ……！」
　そしたらこんなに好きになることもなくて、ここまで苦しまずに済んだのに……。
　……最低。
　なに言ってんの、わたしったら。
　こんなのうざいだけなのに、きっと面倒に思われる。
　早くこの場から逃げたい。
　一刻も早く誰の目にも届かないところにいきたい。
　こんなみっともない自分、千景くんの前でさらけ出したくないのに……止まらなかった。
　呆然としている千景くんの横をすり抜け、階段を駆け下りる。
　腕で涙を拭い、あたふたしてる如月さんを横目に大広間へ出て玄関に向かった。

　そしてそのままお屋敷をあとにして、一度も振り返ることなくひたすら走った。

　全速力で走って学校に着いた。

　走ったせいで朝からズタボロ。

　おまけに心までどんより重い。

　朝から教室へは行く気になれなくて、そのまま屋上へ向かった。

　──キィィィ。

　いびつな音を立てて開くドア。

　ジメジメとした空気が余計に心を重たくさせる。

「はぁ……なに、やってんだろ」

　力なくベンチに腰を下ろして、ぐったりとうなだれる。

　ふと冷静になると、とんでもないことをしでかしたんじゃないかと不安になってきた。

　あそこまで感情的になるなんて、どうかしてるよ。

　でも……千景くんが悪いんじゃん。

　なんで怒ってんのよ。

　意味わかんないよ、ほんと。

「どうしたの？　朝から悲壮感満載だね」

　ぐったりするわたしの上から、爽やかな声が降ってきた。

「あ……！　昨日の！」

　千景くんの家の前にいたメガネの美少年さん！

　まさか、同じ高校だったなんてっ！

「おはよう。成瀬さん」

「は、はい……おはようございます」

　上半身を起こして前髪を整える。

　たくさん汗をかいたし、ボロボロの顔を見られたくない……。

「なにかあったの？」

「あ、えっと、ちょっと喧嘩みたいなものをしてしまいまして」

「喧嘩？　ちかと？」

「え？」

　ちか？

　もしかして、千景くんのことを言ってるのかな。

「あ、俺ちかと同じ特Ｓクラスの水谷春っていうんだ」

「み、水谷……？　あなたが？」

　昨日、柚が言ってた人だ！

　３トップのうちのひとり……。

　そう言われてみたら、柚が言ってた特徴とマッチしてるかも。

　気づかなかったなんて、ほんとわたしって……。

　ガックリと肩を落とすわたしの隣に、水谷くんは腰を下ろした。

　なにやらわたしを見て、ニコニコ笑っている。

　だけど取り繕ったような、胡散臭い笑顔だ。

　昨日も思ったけど、なんとなく苦手だな、この人……。

「俺のこと知らない？」

「あ、お名前だけは昨日知りました……」

「昨日……？」

　まるでそれが不服だと言わんばかりに、美少年の眉間に深いシワが刻まれる。

「すみません、わたし、疎くて……」

「へえ、ちかのことしか頭にないって感じなんだ？」

「え……？」

「あいつがご執心な様子だから、どんな子かと思って期待してたのに、めちゃくちゃ普通でかなり残念」

　そう言いながら肩をすくめる水谷くん。

　ズケズケと容赦ない言葉が凶器のように胸に刺さって、弱りきった心に重くのしかかる。

「俺らはね、そこら辺の一般的な高校生とはワケがちがうんだ。日本の、いや、世界の未来をかけた役割を担った存在だといっても過言じゃない。

　生半可な気持ちでちかの隣にいようっていうなら、俺が徹底的に潰すから覚悟しといてね？」

　背筋がゾクッとするほどの圧倒的な威圧感に、全身の毛が逆立った。

　歓迎されていないのはわたしにもわかる。

　敵対視されてる……？

　悪意はないけど、恐怖を感じる。

「ちかに似合う人は他にいるし、なんなら俺はそっちを応援してるから」

　もしかすると、とんでもない人を敵に回してしまったのかもしれない。

　頭と心がぐちゃぐちゃで授業に出る気にもなれず、屋上

でぼんやり時間を潰す。

　高く手をかざして、空を見上げた。

「うぅ……」

　お父さん、お母さん……会いたい。

　ブブッとスマホが震えたかと思うと、画面に映る『お母さん』の文字。

　なんという絶好のタイミング。

　うるっときて、すぐさま電話に出た。

「お、お母さん……っ！」

『綾乃？　元気？』

　お母さんだ。

　お母さんの声だ。

　久しぶりに聞くお母さんの声に、涙がこみ上げてきた。

「お母さん……っ、うぅっ」

『あらあら？　どうしたの？　ちっとも元気じゃなさそうね』

「うぅ……」

　会いたい……。

『綾乃はいつまで経っても寂しがりやなんだから』

　なにも言わなくても、お母さんはわたしの声で察してくれたらしい。

　さすがわたしのお母さん。

『綾乃〜！　元気がないだって？　お父さんに会えなくて寂しいんじゃないのか？　お父さんは綾乃の顔が見れなくて死にそうだよっ』

「お父さん……」

　弱ってるときには、お父さんの声ですらうるうるきちゃう。

『あ、綾乃〜！　アメリカにおいで。慣れれば住みやすいところだよ。肩身の狭い思いをしてるんじゃないか？　毎日心配で夜も眠れないんだっ』

　優しい言葉にグラグラと揺れ動く心。

　このまま逃げたら楽になれるのかもしれない。

　正直、逃げてしまいたいよ。

　腕でゴシゴシ涙を拭う。

『綾乃、なにがあっても負けるんじゃないわよ。お父さんとお母さんは、最後まで綾乃の味方だからね』

　お母さん……っ。

『あなたが言い出したことでしょ？　日本に残って多摩百合学園に通いたいって。自分の言葉には最後までしっかり責任を持ちなさい』

『お母さん、それはちょっとひどすぎないか？』

　後ろでお父さんのうろたえる声がする。

　お母さんなりにわたしを励ましてくれているんだ。

　厳しい言葉の裏に隠された優しさをひしひし感じて、また涙がにじんだ。

　わたしがアメリカに行きたいと言えば、きっとお母さんも受け入れてくれるだろう。

　でも、本当にそれでいいの？

　このまま逃げたら絶対に後悔する。

「わたし、まだがんばる……」

『それでこそ綾乃よ。応援してるわ』

　ズッと鼻をすするわたしの耳に、お母さんの優しい声が届いた。

　1時間目の授業が終わったと同時に教室へ向かう。

　いつもなら特Sクラスの人たちとすれ違ったりしないのに、なぜだか今日に限って出会ってしまった。

　体操服姿の3トップのメンバーに。

　うつむきながら通りすぎることで、視界に入れないようにする。

　突き刺さる視線は、千景くんのものか、はたまた水谷くんなのか。

　尋常(じんじょう)じゃないくらい心臓がバクバクして、小走りでそこから走り去って教室に駆け込んだ。

「綾乃！」

「柚……おはよ！」

「うん、それより大丈夫なの？」

「え？」

「顔、すごいことになってるよ。さては、桐ケ谷とちゃんと話せなかった？」

「うっ……」

「元気出してね、気晴らしにはいつだって付き合うからさっ！」

「……ありがとう」

　柚に心配させちゃだめだ。

　勇気を出して千景くんと向き合おう。

　放課後、千景くんはわたしの教室にはこなかった。

「千景様ー、今お帰りですか？」

　生徒玄関まできたとき、女子に囲まれている千景くんの姿を見つけた。

　外履きをはいたはいいものの、その場から動けなくて立ち尽くす。

　今出たら確実に鉢合うから、なんだかものすごく気まずい。

　でもずっとここでこうしているわけにはいかない。

　わたしは覚悟を決めて足を進めた。

　女の子に囲まれている千景くんと思わず目が合って慌ててそらす。

　千景くんは声をかけてはこなかったものの、わたしのすぐ後ろを歩いてきた。

「綾乃様、どうぞお車へ」

　正門で待ち構えていた如月さんがリムジンのドアを開けてくれる。

　さすがに断れなくてお礼を言って車に乗り込んだ。

　するとそのすぐあとに千景くんの気配がした。

「喧嘩でもされたんですか？」

　信号待ちで車内の異様な空気を感じ取ったのか、如月さんが心配そうに振り返った。

「如月には関係ない」

　千景くんの低い声に心が凍りつきそうになる。

　ちゃんと向き合おうって決めたけど、絶対にまだ怒っていそうだ。

「ち、千景くん……」

「なに？」

「あ、あの、今朝は」

『ごめんね、言い過ぎた』

　そう言おうと思うのに次の言葉が出てこない。

　もし許してくれなかったらって考えると怖い。

「や、やっぱりなんでもない」

「……」

　わたしの意気地なし。

「如月さん、なんでもいいのでわたしにもなにかお手伝いさせてくださいっ！」

　そうでもしないと千景くんとのことで気分が沈んでしまう。

　なんでもいいからなにかしていたかった。

　それにずっとお世話になりっぱなしだから、なにかで恩を返したい気持ちもある。

「そんなこと綾乃様にさせられません」

「では、お庭の草引きを勝手にやらせていただきますね」

　返ってくる答えは予想できていた。

「綾乃様」

「お願いです。桐ケ谷家の皆様にはとてもお世話になってるのでやらせてください」

　如月さんは戸惑っていたようだけれど、最終的にはわたしの強い希望を聞き入れてくれた。

　無心で草引きをしているつもりでも、頭に自然と浮かぶ千景くんの顔。

　こんなことは初めてだから、どうすればいいのかがわからない。

　素直になるって簡単じゃないんだと改めて思い知った。

　──そんなこんなで１週間。

　テストが近いので最近ではもっぱら図書室に残って毎日のように勉強している。

　そうすれば、千景くんのことを考える時間が減るから……。

「お疲れ」

「あ、今野くん」

　テスト間際で部活も休み期間に入ったため、今野くんは毎日のように図書室に通っているらしい。

　参考書とにらめっこしていたわたしに声をかけてくれて、時々一緒に勉強したりしてるんだ。

　わからないところを教えてもらったりしながら平和な時間を過ごして、気づけば最終下校時刻が迫っていた。

「桐ケ谷のことで元気がないんだろ？」

　生徒玄関に着いたとき、唐突に今野くんがそんなことを

言い出した。

　ギョッとしたのは今野くんに言い当てられたから。

　情けないことに、あれから謝ろうにも謝れないままでいる。

「な、なに言ってるの」

「わかるよ、ずっと成瀬のこと見てたから」

　思わずドキッとしたのは、いつも冗談しか言わない今野くんが真剣な顔をしてたから。

「俺だったらそんな顔させない」

　固まっていると、そばまできた今野くんがわたしの手を握ってきた。

　その手は小刻みに震えていて、こっちにまで緊張感が伝わってくる。

「俺、成瀬のことが好きなんだ」

　照れたようにはにかむ今野くんから目が離せなくて、トクントクンと緊張が高まる。

　す、好き……？

　今野くんが、わたしを？

　信じられない。

「俺と付き合ってくんないかな？」

　シーンとした気まずい空気がわたしたちの間に流れる。

　ど、どうしよう……。

　冗談で言ってるわけではなさそう。

　早くなにか言わなきゃ……。

　でも、なんて？

　告白されるなんて初めてだから、どう言えばいいかわか
らない。
　――ガタッ
　そのとき、わたしたちの靴箱を隔てた向こう側から大き
な音がした。
　その音に今野くんがハッとした表情になる。
「へ、返事は今すぐじゃなくていいよ。テストが終わって
からまた話そう。いきなりごめんな。また明日！」
　パッとわたしから手を離して駆けて行く今野くん。
　わたしは固まったまま、その場から動くことができな
かった。
「おーい、ちか。なにやってんだよ、そんなところで」
　へっ……!?
「ほら、帰ろうぜ。今日は俺んちにくるって約束だろ」
　ちか……？
　千景、くん……？
　呆然としたまま立ち尽くしているわたしの目に、校門に
向かって歩いて行く千景くんと水谷くんの背中が映る。
　ま、まさか。
　今野くんとの会話……聞かれてた？
　2人の背中は角を曲がって見えなくなった。
　その間千景くんは一度もわたしを振り返ることなく。
　遠ざかって行く背中を見てたら、無性に胸が締めつけら
れた。

手に入れたい〜千景side〜

「あー、ちかくんだぁぁぁ！　いらっしゃい！」

「うざい、暑苦しい。なにそのキラキラ笑顔。キモすぎ」

「はぁ？　春は黙っててくれる？」

「…………」

　家の玄関先でバチバチ火花を散らす春と夏。

　こいつらは双子で、夏は春の妹だ。

　中等部のときから春の家に出入りしている俺は、なぜか初めて会ったときから異様に夏に懐かれている。

　テンション高めで怒りっぽい夏は、黒髪のボブが似合うスラッとした美少女。

「ちかくん、夏の部屋でお話しない？」

「いやいや、ちかは俺の部屋で勉強すんだよ」

「え、夏に会いに来てくれたんじゃないの？」

　右から左に抜けてく会話。

　なにを言われても、今の俺には入ってこない。

「おい、ちか？」

「ちかくん？」

「え……？」

　おんなじ顔が2つ、俺をまっすぐに見て目を瞬かせる。

「お前、さっきの気にしてるわけ？」

「…………」

　さっきの……。

　思い出すと胸が締めつけられて、息ができなくなる。

「なに？　さっきのって」

「夏は黙っててくれるかな。話がややこしくなるから」

「春には聞いてないっ。ちかくん、なにがあったの？」

「ちか、女なんて誰でも一緒だよ？　適当に相手して、気に入った子と軽く遊べばいいんだって。本気になっても、面倒なだけ」

「うっわ……最低っ！　女の敵！」

「あの程度の子なら、どこにだっているじゃん。本気になる価値ないだろ。大して可愛くもないし、性格だって」

　他のどんな言葉は聞き流せても、綾乃を侮辱するような発言だけは我慢ならない。

「お前に綾乃のなにがわかんの？」

　イラッとしてつい低い声になった。

　瞬間、春が息をのんだのが伝わってくる。

　夏も俺のダークなオーラを察したようで、若干顔を引きつらせている。

「謝りなよ、春」

「いやいや、俺まちがったこと言った？　ちかにはもっと他に似合う女がいるって話。家柄も知性も、もっと見合った子を」

　はぁ？

　なにそれ。

　綾乃のレベルが低いとでも言いたいのかよ？

「それ以上綾乃を悪く言うなら、本気でお前と友達やめる

し、なんなら縁切ってもいいよ？　じゃあな」

「お、おい、ちか」

「触んな」

　どうにも許せなくて、思いっきり春を睨んだ。

　青ざめながら言葉に詰まる春を置き去りにして、踵を返
す。

　綾乃を侮辱するヤツは、誰だろうと絶対に許さない。

「ちかくん！」

　しばらく歩くと夏が走ってきて、俺の前に回り込んだ。

「ちかくんのことは、春なりに心配してるんだと思うん
だ……だから、悪気があったわけじゃなくて」

　ごめんね……と力なく夏が謝った。

　言い合っていても、2人の仲の良さは俺も認めてる。

　喧嘩するほどなんとかってやつ。

　春も春で夏思いだし。

「俺はあいつに怒ってんの。夏は関係ない」

「うん……わかってるよ。ちかくんがそこまで取り乱すの、
珍しいよね……」

　だんだんと小さくなっていく夏の声。

　うるうると潤んだ瞳がなにを言いたいのか、なんとなく
察する。

「お祭りのときは無理やり連れ出してごめんね。あたしの
ワガママに付き合ってくれてありがとう。ちかくんが大事
に想ってる女の子って、お祭りのときの……？」

　夏の言葉に頷いて返すと、今にも泣き出しそうなほどそ

の顔が歪められた。

「そっ、か……あ、あたしっ、ちかくんのこと……っ」

「ごめん」

　言われる前に先手を打つのが俺のやり方。

　ひどい、最低、自意識過剰。

　綾乃以外の女にどう思われても構わない。

　むしろ、それで嫌いになってもらえるなら好都合だ。

「俺さ、10年間ずっと片想いしてるんだ。その子のことしか考えられないから、夏の気持ちには応えられない」

「……っ」

　ポロポロと涙を流して泣く夏に、残酷だと思いながらも言葉を続ける。

「ひとりで戻れる？」

「う、ん」

　夏が小走りで去っていくのを見届けたあと、ふと見上げた夜空に満月が浮かんでいることに気づく。

　それをきれいだと思える心の余裕が今の俺にはなくて、どこまでも俺の中は綾乃でいっぱい。

　なんでこんなに好きなのか、もはや自分でもよくわからない。

　綾乃は今野と付き合ったりすんのかな。

　そんなの絶対に認めないけど、綾乃がもし今野を好きなんだとしたら……。

「はぁ……」

　最悪のパターンばかり浮かんで気分が晴れない。

　１週間も話せないなんて初めてだ。

　みっともなく嫉妬心をむき出しにして綾乃を責め立てたバカな俺。

　情けない姿をさらして、ほんとなにやってんだよ。

　カッコよくない俺は、情けない以外のなにものでもないのに……。

　なにか言いたそうにしてた綾乃の言葉を聞いてやることもしなかった。

　今野とのことを言われるのかと思ったら自然と綾乃を避けてる自分がいた。

「千景様っ！　大変ですっ！」

　屋敷に帰った頃には、すでに辺りは暗かった。

　血相を変えた如月が走ってきて声を荒げた。

「綾乃様が、どこにもいらっしゃいません！」

「えっ？」

　綾乃が、いない……？

「最近なにか悩んでおられたようで、元気がなくも見えました。もしかすると、そのせいなのかもしれません。とにかく我々は外を見てきますので！」

　綾乃……！

「俺もその辺探してくるっ！」

「はっ、くれぐれもお気をつけて」

　如月が言い終えたときには、すでに玄関を飛び出していた。

　まさか……綾乃がいなくなるなんて。

俺のせいだ。

グッと唇を噛むと、口の中に鉄の味が広がった。

綾乃……っ！

どこにいるんだ……？

綾乃が行きそうな場所を考えてみる。

「もしかしてっ！」

体力には自信があるし、ある程度の距離を走らないと息切れしないこの俺が、敷地内の短距離で呼吸を荒くしてるなんて。

どんだけ必死なんだよ。

綾乃の前だと冷静さを失ってカッコ悪い姿をさらしてばっか。

「はぁはぁ。綾乃！」

──ガサッ。

昔一緒に遊んだ噴水のそばまできたとき、地面を踏む足音と葉の擦れる音がかすかに聞こえた。

「綾乃？　いんの？　いたら返事してっ！」

なんとなくの直感が働いて、俺は１本の木のそばへとゆっくり近づく。

「や、やだ……こないで」

気を抜くと聞き逃してしまいそうなほどの小さな声がして足を止めた。

耳をすませてみると、木の影からかすかな息遣いが聞こえてくる。

「綾乃。お願いだから出てきて……心配なんだよ」

　ガサッと音がして、木の後ろにいた綾乃が恐る恐る姿を現した。

「綾乃……」

　うつむき気味に立つ綾乃の肩が小刻みに震えている。

　昼間はジメジメしているといえども、夜はまだまだ肌寒い。

　着ていたセーターをさっと脱いで、綾乃の華奢な肩にそっとかけた。

「どうしてこんなところに？」

「……」

「とにかく……綾乃が無事でよかった」

　ホッとして気がゆるみ、安心感が胸いっぱいに広がる。

　綾乃のことになると余裕なんてなくなって、いつだっていっぱいいっぱい。

　それほど綾乃しか見えてないって、わかってる？

「千景、くん……」

　月明かりに照らされた顔がハッとするほどきれいで、思わずドキッとさせられた。

　悲しげに歪められる表情。

　泣くのを我慢するかのように、唇を引き結びながらじっと俺を見つめてくる。

　俺の知ってる綾乃はもっと子どもっぽくて、それでいて可愛くて。

　普段とはちがう大人びた顔は、いとも簡単に俺の理性をグラグラ揺るがす。

「怒って、ないの？」

「怒る？」

「お祭りのときのこととか……いろいろ」

　祭りのとき……？

「あー……、あれは怒ってたっていうか……」

　単なる嫉妬であれは完全なる八つ当たり。

「ごめん……綾乃」

「なんで千景くんが謝るの？」

「綾乃が俺より今野を選んだのが悔しくて……」

「え……？　なんて？　聞こえなかった……」

「いや……綾乃は今野が好きなの？」

「ち、ちがうよ……！」

　ちがう……？

　やけにそこだけはっきりと強調してくるところが、逆に怪しい。

「今野くんはただの友達。お祭りも、たまたま一緒にって声かけてくれて……」

　たまたま、ね。

　綾乃にはそう映ってるかもしれないけど、俺からしたら狙ってんだろって話。

　2人が仲良くしてた姿が浮かんできて、拳を力いっぱい握る。

『勝手にすれば』って、最初に遠ざけたのは俺の方。

　俺が全部悪い。

　ちゃんと謝らないと。

「ごめん、綾乃。俺さ──」

　そう言いかけたとき、綾乃がポツリと口を開いた。

「千景くんには、将来を約束した人が……いるんでしょ？」

　綾乃は涙をためた瞳で必死に歯を食いしばり、一生懸命俺の顔を見上げてくる。

「千景くんの婚約者さんのことを考えたら、胸が苦しくて……っ」

　ん？

　さっきからなんの話？

「婚約者？」

　俺に？

「お祭りのときに一緒にいた女の子は……婚約者さん、なんだよね？　そんなに大切な人がいるのに、わたしに優しくしてくる千景くんがわからなくて……」

　俺が祭りのときに一緒にいたっていうと、夏のことか。

　なぜ綾乃がそんなありえない勘違いをしているのかはわからなかったけど、俺のせいで泣いているということだけは理解できた。

「……ショックだったよ」

　ショック？

　俺が夏といるとこ見て、ショックを受けたってこと？

　ちょっと待て……。

　綾乃の涙の理由が、もし、俺の考えている通りのものなんだとしたら……。

　とっさに手を伸ばして、綾乃の頬に流れる涙を拭う。

　なんて温かい涙なんだろう。

　愛しさがこみ上げてきて、抱きしめたい衝撃に駆られる。

　俺に婚約者がいると勘違いして泣くなんて、どんだけ俺を虜にさせたら気が済むの。

　可愛すぎだよ、ほんと。

「俺には婚約者なんていないよ」

「うそ……如月さんとスーツさんが話してるの聞いたもんっ。千景くんのお誕生日パーティーのときに婚約発表するんだって。有名企業のお嬢様だって……そう、言ってた」

　如月?

　有名企業のお嬢様?

「いや、それは俺の話じゃないよ」

「え……?」

　途端にキョトンとなる綾乃の顔。

　キツネにつままれたみたいなそんな表情も、たまらなく可愛い。

「如月の話だよ。俺の誕生日に、俺の両親に結婚の報告をするんだって、そう聞いてるけど?」

　綾乃は「え?」と目をパチクリさせた後……。

「ぅ……ぁ、うっ!」

　あわあわと声にならない声を出した。

「わ、わたし……っ、わたし……っ。とんだ勘違いを……ど、どうしよう。千景くんにものすごくひどいこと言っちゃった……」

　ショック受けたらしい綾乃が青ざめながら頭を抱える。

「本当にごめんなさいっ！」

「綾乃が謝ることないよ。勘違いさせた俺が悪いんだし」

「ううん、わたしがもっとちゃんと千景くんと向き合って
たら……勘違いだってすぐに気づけたはずだよ。自分が情
けなさすぎる……」

　胸の奥からふつふつとこみ上げるどうしようもないほど
の愛しさに俺の理性は崩壊寸前。

「綾乃っ」

「きゃ……！」

　我慢できなくなって、とっさに綾乃を抱きしめた。

「ち、千景、くん」

「んー？」

「恥ずかしいよ……」

　そう言いながらギューギューと俺の胸に顔を押しつけて
くる綾乃。

　そんなの逆効果。

　余計に抱きしめたくなるんですけど。

　それに……もう、ほんと限界。

「好きだよ」

　後頭部を撫でながら耳元で囁けば、ビクンと肩をゆらし
てたちまち綾乃は固まった。

　声を出す余裕すらないらしい。

「綾乃が好きだ」

「……っ」

　我慢できなくなって、あふれる想いを素直に口にする。

　5歳のときからずっと、久しぶりに再会してからはもっと、昨日より今日、今日より明日、もっと先の未来でも。

　綾乃への『好き』は大きくなるばかり。

「綾乃は俺をどう思ってる？」

「……っ」

　さすがにここまで言えば鈍感な綾乃にだって意味くらいは伝わるだろう。

　自信や確信なんてまったくない。

　だけど自惚れんなっていう方が無理。

「……好き」

「……っ」

「千景くんが、好き……」

　1度目は囁くように、2度目は俺の顔を見上げながらの上目遣いで。

　あー……、もう。

　だけど綾乃が言う好きは……俺の感情とはちがうかもしれない。

「ち、千景くんに、抱きしめられたいっていう意味の好きだからね？」

「は……？」

「男の子としての千景くんが……好き」

　嬉しすぎて、信じられなくて、今度は俺が固まった。

　俺と同じ気持ちでいてくれてるって思っていいの……？

　今野のこと、好きじゃなかったのかよ？

「もう1回……もう1回言って？」

「好き、だよ……」

　３度目は、俺の背中にギュッと腕を回して。

　最高の幸福を噛みしめながら、俺は綾乃の体をさらにきつく抱きしめた。

「く、苦しいよ、千景くん」

「もっと苦しくなって」

　俺を想って、もっともっと苦しくなればいい。

　俺が綾乃しか見えてないのと同じくらい、綾乃も俺しか見えなくなればいい。

「千景、くん」

　俺の名前を呼ぶ声も、遠慮がちに抱きしめてくる腕も。

　綾乃の存在そのものが、愛しくてたまらない。

「顔も見たくないとか、ひどいことたくさん言ってごめんね……」

「いや、俺の方こそ悪かったよ」

　まさか綾乃が俺に婚約者がいるって、そんな勘違いをしてたなんて。

　嫉妬してくれていたなんて……。

　人生でこんなに幸せを感じた日は他にない。

TURN * 4

王子様の憂うつ

「夢じゃ、ないよね……？」

　お風呂上がり、ソファに座って髪を乾かしながら何度も自分の頬をつまんだ。

『好きだよ』

　千景くんも同じ気持ちでいてくれたのが夢みたいで、今でも全然信じられない。

　──コンコン。

「は、はい！」

　思わず声が上ずった。

「ふはっ」

「入るよ」と声がして、今一度自分の身だしなみをチェックする。

　髪型よし、服装よしっ。

　あとは心の準備だけっ。

　部屋の内ドアが開く。

　──ドキン。

　お風呂上がりの千景くんはまだ髪が濡れていて、そのうえ上半身裸。

　引き締まった艶のあるお肌が目に眩しくて、直視できない。

「綾乃も風呂上がり？」

「う、うん……」

　ドライヤーのスイッチを切ってテーブルに置く。

　千景くんはそんなわたしのそばまでくると、髪を下から優しくすくい上げた。

　うぅ……っ。

「綾乃の髪、いいにおいがする」

　さっきは暗かったからあれだけど、こんなに明るい場所で顔を合わせるのは恥ずかしすぎる。

　ドキンドキンと高鳴る鼓動。

　千景くんがそばにいるってだけで、とても落ち着かない。

「顔、赤いけど？　風呂でのぼせちゃった？」

「う、ううん……っ」

　そんなの千景くんがそばにいるせいに決まってる。

　うつむこうとすると千景くんの髪から雫がポタッと落ちた。

「髪乾かさなきゃ、風邪引くよ？」

「じゃあ綾乃が乾かして？」

　戸惑うわたしの横に座って、千景くんは頭を差し出してくる。

　ど、どうしよう……。

　目のやり場にすごく困る。

　だ、だって裸だし、意外としっかり筋肉がついた胸とか腹筋とか……。

　男の子なんだなって、当たり前のことをまた認識させられた。

「緊張してんの？」

「す、するでしょ」

　わたしが赤くなればなるほど、千景くんはそんな様子を楽しむかのように笑う。

「早く乾かしてよ。風邪引いちゃうから」

　ズルい、そんな言い方。

　ドライヤーを握る手が震えたけれど、なんとか恥ずかしさを押し殺して千景くんの髪に当てる。

　この柑橘系のにおい、好きだなぁ……。

　サラサラの髪には光沢があって、とても指通りがいい。

　髪の毛の1本1本までもが千景くんの魅力を最大限に引き出していて、どれだけわたしをドキドキさせたら気が済むの。

　だめだめ、できるだけ普通に振る舞わなきゃ。

「はい、終了〜！」

「サンキュ。って、まだ真っ赤なんですけど」

「う、だって……」

　わざとだ、わざとそんな風に言ってわたしをからかってる。

「キスしていい？」

「へ……？」

　動揺してドライヤーを落としそうになったところに、千景くんの手が伸びてきた。

　い、今、なんて？

　キスって、聞こえたような……。

　ぼんやりするわたしに代わって、ドライヤーをテーブル

の上に置く千景くん。

　そのままその手で、千景くんはわたしの頬に触れた。

「キスしたいんだけど」

　甘くとろけるような目で見つめられて、触れたところが熱を持つ。

「だ、だめ……っ」

　そんなことされたら、恥ずかしすぎて死んじゃう。

　ドキドキしすぎて、心臓が破裂しちゃうかもしれない。

「絶対だめ……」

「…………」

「は、恥ずかしいもん……」

　無言の圧力でなにかを訴えかけてくる千景くんから、パッと目をそらした。

「綾乃はそこまで俺のこと好きじゃない？」

「それとこれとは、べつだよ……っ」

　千景くんは慣れてるのかもしれないけど、わたしはまだそういう経験がないんだもん。

「わかったよ。こういうのは無理強いするもんじゃないしね」

　ホッ、わかってくれた。

　そう思って胸を撫で下ろした瞬間——。

「今はこれで我慢する」

　無理やり千景くんの方を向かされて、頬に柔らかい衝撃が走った。

「なっ……！」

　わたしの慌てっぷりに、目の前の彼は小さく噴き出す。

「あ、ひとつ聞き忘れてたんだけど。もちろん、今野の告白は断るんだよね？」

　恥ずかしさでいっぱいいっぱいのわたしに、鋭い目を向けてくる。

　まさか、千景くんが怒っていた理由って……。

　今野くんへの、嫉妬……？

　コクンと小さく頷いてみせると、フッと表情をゆるめて千景くんは笑った。

　嫉妬だなんて、まさか、ね。

　次の日——。

「ご、ごめんなさいっ！」

　今野くんに向かって頭を下げた。

「わたしには他に好きな人がいるから、今野くんとは付き合えない」

　返事はテストが終わってからと言われたけど、いつまでも長引かせるのはわたしの性に合わなくて。

　昼休みに今野くんをひと気のない校舎裏へと呼び出した。

　今野くんは今日１日ずっとそわそわしているような感じで、少なからずわたしを意識していたらしい。

「はぁ……そっか。うん、返事は予想がついてたよ」

「え？」

「だって成瀬の顔見たら、誰を好きかなんて一目瞭然だし」

　悲しそうに笑う今野くんに申し訳なさでいっぱいになる。

　好きな人がいるのを知ってて、それでもちゃんと想いを伝えてくれたんだ。

　わたしなんかを好きになってくれて、告白まで……。

「……ありがとう」

　今野くんみたいな優しい人に好きになってもらえるなんて、光栄すぎて頭が上がらない。

「その様子だと桐ケ谷とうまくいった感じ？」

「え、いや、あの……っ」

　突然そんな風に言われてテンパッてしまった。

　どう言えば？

　今野くんに言うなんて酷すぎるよね？

　でも、でも……っ。

「はい、タイムオーバー。3分経ったから、綾乃は返してもらうよ」

「ち、千景くんっ……！」

「ほんとは1秒でもあげたくなかったけど」

　校舎の影からいきなり姿を現した千景くんが、わたしの肩を引き寄せた。

「俺と綾乃は、誰にも邪魔できないような熱い絆で結ばれてるから。悪いけど、潔く諦めて」

「熱い絆、ね」

　今野くんは後ろ首をかきながら、千景くんの登場に驚く素振りや嫌悪感をあらわにすることもなく。

　大きなため息を吐いてから、一瞬だけわたしを見て、そして千景くんに向き直った。

「よかったな、成瀬！　おい、もう成瀬を泣かせるなよ？」

　最後にそう宣言してから、この場を去っていく今野くん。

「なんだよ、あいつ……」

　隣でぶつぶつ言いながら唇を尖らせる千景くんは、わたしの肩に置いた手に力を込める。

「綾乃も、今野に対して申し訳ないとか思う必要ないから」

「あ、でも、好きになってくれたし……断るのって、心苦しくて」

「『なってくれた』って……言い方。俺にとっては不安のたねでしかないんだけど」

「え？」

「綾乃は流されやすいし、強く言われたら断れないだろ。ほだされて俺以外の男に目を向けたらどうしようっていう不安」

　千景、くん。

　そんな風に思ってたんだ。

「大丈夫だよ。わたし、こう見えて結構頑固だし、言い出したら聞かないところもあるもん。千景くんのこと、ちゃんと好きだから……」

　恥ずかしさを押し殺してそう口にする。

　だから千景くんが不安に思う必要なんてない。

「千景くんしか見えてないよ……？」

　不安になってほしくなくて、恥ずかしいことを言ってし

まった。

千景くんがしてくれたみたいに、背中に腕を回して思いっきり抱きしめる。

わたしがされて嬉しいことを、千景くんにも返したい。

力強く抱きしめ返されて、ここが学校だということも忘れてしばらくの間千景くんの体温をそばで感じていた。

ああ……千景くんの腕の中はやっぱり安心する。

それだけじゃない。

これだけ密着してたら、もっともっとって……。

千景くんを求める気持ちが止まらなくなる。

どうしてこんな気持ちになるんだろう。

好きだからかな？

「本気でやばいんだけど」

どこか切羽詰まったような声が聞こえた。

やばい……？

「綾乃とくっついてたら、もっと触れたいって思う」

「……っ」

ドキドキしすぎて落ち着かない。

それなのに、もっと触れてほしいなんて……こんなの初めて。

「キス、していい？」

「うぅ……き、聞かないで、そんなこと」

恥ずかしすぎて、ムズムズする。

「昨日だめだって言われたし、綾乃の気持ちを無視するようなことはできないから」

「……よ」

「え？」

「いい、よ。わたしも千景くんとキスしたい」

　今のわたしはりんごみたいに真っ赤で、そんな大胆な発言が飛び出すなんて自分でも信じられない。

　だけど、千景くんにもっと触れたい。

　触れてほしい。

　好き、だから。

「顔、上げて」

　わたしを抱きしめる腕の力をゆるめて、上半身を離してくる千景くんの顔をじっと見上げた。

　男の顔をした千景くんに見つめられて、鼓動が大きく飛び跳ねる。

　風にゆれてなびく茶色い髪も。

　甘く整った顔立ちも。

　わたしを見つめるその眼差しも。

　千景くんの全部が、好き……。

　ゆっくり顔が近づいてきたかと思うとほんの一瞬だけ唇が触れて、短いキスが降ってきた。

「もう1回、いい？」

「だ、だから、聞かな——んっ……」

　わたしの言葉を遮るように落とされた唇。

　今度はさっきよりも長めのキスで、触れたところから千景くんの熱が伝わってくる。

　次第に思考が甘く溶かされて、なにも考えられなくなっ

た。

　一身に千景くんの唇を受け入れて、唇が離れたわずかな
隙に体内に酸素を取り込もうと息を吸う。

　だめだ、クラクラする。

　熱でやられちゃいそうだよ……。

「ちか、げ、くん……も、だめ」

「ギブアップ？」

　唇を離したかと思うと、今度はおでこをくっつけて至近
距離で見つめてくる。

　そんな千景くんはイジワルに笑っていて、余裕をなくし
ているのはどうやらわたしだけみたい。

「俺はまだまだ足りないんだけど」

　見つめ合ったまま再びキスされて、ボンッと音を立てる
わたしの顔。

「それ以上は、だめ……っ」

「なんで？」

　なんでって。

　そんなの察してほしい。

　色気を含んだ男の顔をした千景くんに、ドキドキが止ま
らない。

「わ、わたしは、もう十分だから……っ！」

　上がりきった体温を冷まそうと、千景くんから離れて手
で顔を仰ぐ。

　そんなわたしを見て、千景くんは満足そうに微笑んだ。

　手を繋いだまま廊下を歩いていると、色んな人からの視

線が突き刺さった。

　千景くんの隣にいるのがわたしなんかで、ほんとごめんなさい……。

「手を離してくれないかな？」

「だめ」

　何度お願いしても聞き入れてもらえなくて、また撃沈。

「みんなに見られちゃうよ」

「見せてんの。綾乃は俺のだって」

「……っ」

「今野のようなヤツが、今後現れないようにね」

「そんな人、めったに現れないよ」

　未だにわたしは、今野くんがなんでわたしを好きになってくれたのかわからない。

「綾乃ってほんと、自覚なさすぎ。外歩いてたら、一瞬で誘拐されるレベルだよ？」

「ごめん、そのたとえがわからなさすぎる」

「そ？　わりと本気なんだけど」

　いやいや、ほんとにわかんない。

　でも、千景くんと手を繋ぐのは嫌いじゃないから……まぁ、いっか。

「ちか！」

　廊下を歩いてたら、バタバタと誰かが走ってきた。

「きゃあああ！」

「水谷様よー！」

　周りにいた女子たちの雄叫びで、その人が水谷くんであ

ることを察する。

　水谷様……って、水谷くん？

　うっ、あれ以来だからなんだか気まずいな……。

　何気なく手を離そうとするとそれも敵わず、瞬時に千景くんに握り返された。

「昨日は悪かったよ。あそこまで言うことはなかったなって……ごめん」

　しおらしく千景くんに頭を下げる水谷くんは、とてつもなく元気がないように見える。

「うん。だけど、2度目はないから」

「ちか……っ！」

　水谷くんは感極まった様子で千景くんの手を取った。

「くっつくなよ、暑苦しいだろ」

「許してくれなかったら、どうしようかと……っ」

「わかったから、メソメソすんな」

「だってお前、本気で怒ってたろ？　あんなちか初めて見た……」

　水谷くんって、こんな感じの人なんだ。

　クールで冷たいイメージだったけど、思ったより悪い人じゃないのかも？

　苦手には変わりないけど……。

　きっと、この人も千景くんのことが大好きなんだ。

「成瀬さん」

　水谷くんはトレードマークのメガネをクイッと持ち上げて、わたしに向き直った。

「は、はい！」

　なにを言われるのかと、前のことがあるから思わず身構えてしまう。

「俺はまだ認めたわけじゃないけど、失礼な発言をしたことは謝る。ごめん」

「は？　なに？　お前、綾乃にもなんか言ったの？」

　それまで和やかムードだったのが一変。

　千景くんは身の毛もよだつほどの凄まじいオーラで、水谷くんを睨んだ。

「えーっと、なんのことかな？　忘れちゃった」

「はぁ？　でも、今」

「なんでもないのっ。あ、早く教室に戻らなきゃ授業が始まっちゃう！」

　わたしは水谷くんに向かってペコッと頭を下げた。

「じゃあ、また！」

「なんだよ、『また』って。ちょ、綾乃……！」

「なんでもないってばー！」

　千景くんと手を繋いだまま教室に戻ると、柚がからかうように笑った。

「あんたら、やっとくっついたのね」

「お騒がせしました……」

「ほんとにね。だけど綾乃が幸せなら、あたしはそれでいいんだからっ！　幸せのおすそ分け、いつかしてよね」

「あはは、なにそれ」

「綾乃見てたら、いいなぁってね。今、めちゃくちゃ幸せ

そうな顔してるよー？　このこの〜！」

「へへ、恥ずかしいな……」

　ポッと顔が熱くなる。

「やっべ、可愛い」

「マジで、ツボ」

「だけど相手が悪すぎるよな……」

　ちらちらとクラスメイトたちからも見られて、さらに恥ずかしさでいっぱいになった。

「一ノ瀬、今後も綾乃をよろしく。ぜひとも変な虫を寄せつけてくれるなよ」

「いや、日本語おかしいから。それに教室で凄まないで。男子たちが怯えた目で見てるじゃん」

　そう言いながらブルっと体を震わせる柚。

「じゃあ綾乃、いい子でね」

　そう言い残してわたしの頭を撫でると、千景くんは自分の教室へと戻っていった。

「やばいわね、あれは。綾乃しか見えてません度がさらに増してるわ。周りへの牽制もあからさまだし」

「なに言ってるの、柚？」

「ううん、こっちの話。それよりほんとによかったね。おめでとう！　これで晴れてカレカノだね！」

　ん？

　わー、そっか。

　そういうことになるんだ。

　付き合おうとか言われてないけど……。

　わたしの自惚れじゃなければ両想いなのはたしかで、キスだって済ませた仲。

　そこまでしてるんだから、付き合ってるようなもんだよね……？

　なんだかそれが、妙に照れくさかった。

ないものねだりの誕生日

　無事にテストが終わって、1週間後に迫った夏休みを待つだけとなった。

　入学してから初めての長期休みに、心なしかクラス全体が浮き足立っているような気がする。

　そしてそれはわたしも例外じゃない。

　夏休みって限定のイベントがたくさんあるから、それだけでウキウキワクワクしちゃう。

　海にプールにスイカにアイスに花火、そして……今年は大好きな千景くんも一緒。

「プレゼントはなにがいいと思う？」

　そう、わたしは浮かれていた。

　この夏最大のイベント、千景くんの誕生日に。

「綾乃があげるものなら、道端の石ころでも泣いて喜びそう」

「柚ったら、さすがに石ころはないよ。真剣に聞いてるのに〜……！」

「あはは。でもほんと、綾乃があげるものならなんだっていいんじゃない？」

「そのなんだってが難しいんだよ〜！」

　この数日プレゼントに悩みすぎて、トレンドのものをネットで検索したりしてるけどピンとくるものがなかなか見つからない。

　ある程度の目星をつけたら、直接お店に選びに行こうと
思ってるけどその目星がつかないから困りものだ。
「ベタなのは手作りのものをあげるとか、かな。綾乃にし
か作れないものを渡したら？」
「手作り……？」
　それって、たとえばどんな？
「お菓子とか、ストラップとか、ミサンガとか、マフラー
とか、アクセサリー。ジャンルは色々あるよね。でも夏に
マフラーはないか」
「手作りかぁ」
　それ、いいかも！
　ちょっとじっくり考えてみよう。
　案が決まってホッとひと息。
　どんなものにしようかなぁ。

　その夜──。
　夕食の席でのことだった。
「えっ!?　わたしがですか？」
「はい、ぜひ綾乃様にも参加していただきたいと、旦那様
も奥様もおっしゃっておられます」
　わたしが千景くんの誕生日パーティーに？
　当日の夜、終業式だということもあって学校は午前中で
終了する。
　その日の夕方から夜にかけて、都内の高級ホテルを貸し
切って盛大にお祝いするんだそうだ。

す、すごい……。

さすが御曹司。

普段ちっとも特別視していないわたしも、そんなことを聞かされたらやっぱり千景くんはすごい人なんだと認識させられる。

「旦那様のお仕事関係の方も多くお見えになられて、成長した千景様のお姿をお披露目（ひろめ）する場でもあります。桐ケ谷財閥の跡取りとして、逃れられない形だけのものですので、そう深く考えずにお越しください」

「……っ」

そう言われても気後れしてしまう。

「ミシュランで三ツ星を獲得したホテルのお料理やスイーツは、他では味わえないほどの美味しさですよ」

「っ……！」

スイーツにつられたというわけではなく、純粋に千景くんの誕生日をお祝いしたいからという気持ちが99％。あとの１％は欲に負けた。

それにしても、将来跡取りとして活躍するであろう千景くんの社交の場にわたしまで参加することになるとは。

そういえば前に如月さんが千景くんのことを言ってたなぁ。

これまでにもそういう場で、他人から様々な評価をされてきたのかもしれない。

嫌でも目立つ立場にいる千景くんに向けられる目は、いいものばかりじゃなかったよね、きっと。

　今でも重圧を抱えているのかな。

　そういうことは一切話してくれないけど、どうなんだろう。

『みんな俺のステータスしか見てない』

　千景くんのこと、もっともっと知りたい。

「うーむむむむむ」

　アクセサリー作りに奮闘中のわたしは、革のブレスレットを手作りしてプレゼントすることに決めた。

　スモークグリーンとオフホワイトとブラウンの細い革で編んだおしゃれなブレスレット。

　だけどこれがなかなか難しい。

　均等に編めなくて色の配置がバラバラになったり、編むのを忘れて色が抜けたり。

　何度も編み直していると革が伸びるので、これ以上の失敗はできない。

「綾乃？」

「わぁ……！」

　──ガタンッ。

　立ち上がった拍子に椅子が後ろへ倒れた。

　手にしていたものを、慌てて引き出しの中へ滑り込ませる。

「ノックしたんだけど聞こえなかった？」

「うん、まったく！」

「すごい驚きっぷりだったもんね。なにしてたの？」

「え、いや、あはは。なんにも！」

　笑ってうまくごまかした。

　プレゼントのブレスレットは誕生日の日まで秘密にして
おきたい。

「それより、どうしたの？」

「誕生日パーティーのこと。俺の両親が勝手にごめん」

「なんで謝るの？　当日に千景くんをお祝いできて嬉しい
よ？」

　わたしの言葉に千景くんは悲しげに笑ってみせた。

「2人きりじゃないんだよ？」

「うん？　だめなの？」

「いや……だめじゃないけど」

「楽しみにしてるね！」

　本音を言えば2人きりで過ごしたい気持ちもあるけど、
こればっかりは仕方ない。

　どんな形であれ、当日にお祝いできるんだもん。

　やっぱり嬉しいよ。

「綾乃」

　不意に顔を上げたら、千景くんがすぐそこまで迫ってい
た。

　──チュッ。

　小さな音を立てて触れる唇と唇。

「なっ……！」

「じゃ、おやすみ」

　千景くんはオロオロするわたしに手を振り、笑顔まで浮

かべて颯爽と去っていった。

「す、すごい……」

　会場であるホテルに入った途端、そこが異世界のように
さえ思えた。

　白く輝く大理石の床に、豪華なシャンデリア。

　洗練されたホテルスタッフの優雅な立ち居振る舞い。

　すべてが超一流の高級ホテル。

　ま、まずいよ、これは。

　絶対にくる場所をまちがえた。

　庶民のわたしがきていい場所じゃない気がする。

「どうぞこちらへ」

　受付けを済ませて待ち合い室に案内された。

　服装はフォーマルだと聞いていたので、無難にシフォン
生地のレモンイエローのサマードレスを選んだけれど。

　もう少しちゃんとしたものにすればよかったかな。

「綾乃～！」

「ゆ、柚」

「綾乃ちゃん！」

「ども」

　東条くんに水谷くんまで。

　わたしたちの待ち合い室には、主に特Ｓクラスの人たち
ばかりが集められていた。

　だからなのか、わたしと柚はとても浮いている。

　コソコソと女の子たちがこっちを見て何かを言っている

し、居心地が悪いなぁ。
「気にしちゃだめよ、綾乃。場違い上等！」
「ふふ、うんっ！」
　柚はオフショルダーの黒いドレスで、とても大人っぽく
てすごく似合ってる。
　東条くんと水谷くんはどちらもタキシードだ。
　スタイルがいいからきれいに着こなせている。
「いい、一ノ瀬さんのドレス姿、天使……。やばいっ、ほ
んと」
　ぶつぶつ言いながら頬を赤らめる東条くん。
　そんな東条くんのそばで呆れたようにため息を吐いた水
谷くんが、視線をわずかに横にそらした。
　そこには、ベビーピンクのふんわりしたドレスに身を包
んだ可愛い女の子が立っている。
　誰だろう？
「どうも、水谷夏です。あなたが、成瀬綾乃さん？」
「は、はい。成瀬綾乃はわたしですっ！」
　水谷、夏さん？
　水谷……。
「俺の双子の妹なんだ」
「えっ!?」
　そ、そうなんだ。
「お祭りであなたをお見かけしたの。そのときあたしはち
かくんと一緒にいたんだけど」
「え？　あ……」

お祭り。

そっか、千景くんと一緒にいたのは、夏さんだったんだ……。

あのときは暗くて顔が見えなかったけど、すごく可愛い女の子だ。

こんな子が隣にいながら、わたしを好きだと言ってくれた千景くん……。

絶対に選びまちがえてるよ。

シュンと肩を落とす。

「安心してね。あたしはすでに振られてるから」

夏さんはわたしにそう耳打ちすると、屈託のない笑顔で微笑んだ。

う、見透かされてる。

わたし、そんなに顔に出てるのかな。

「あ、今野！」

柚が「おーい！」と笑いなから手を振ると、今野くんはこっちに歩いてきた。

「よう！」

「今野も呼ばれてたんだ？　スーツ似合ってんじゃん！」

「はは、それはどうも。一ノ瀬こそ大人っぽいね」

「そう？　ありがとう〜！」

「現れたな、今野。よくも」

東条くんがそんな2人の間に割って入る。

あれ以来気まずくなるかと思ったけど、今野くんとは今も友達としての距離を保っている。

　気まずくならないように、今野くんが気遣ってくれてる
から……。

　目が合って優しく微笑まれた。

　だからわたしも、同じように今野くんに向かって笑顔を
返す。

「だめ、綾乃。桐ケ谷が妬くから。さ、そろそろ会場に移
動する時間だよ～！」

　当然だけど、待ち合い室に千景くんの姿はない。

　千景くんは学校からそのままリムジンでホテルに直行し
たため、今はどこにいるのかはわからない。

　早く会いたいな。

　『誕生日おめでとう』って、まだ言えてないから言いたい。

　プレゼントも今日ちゃんと持ってきた。

　手作りのブレスレットとクッキーに、お手紙も添えて。

　喜んでくれるかな……。

　喜んでくれるといいな。

　パーティーが始まり、千景くんがみんなの前に姿を現し
た。

　光沢のある白いタキシード姿で、誰よりもひときわ輝い
ている。

「か、カッコいい……」

　蝶ネクタイがここまで似合うのは、王子様の千景くんし
かいないと思う。

　見惚れてしまうほどカッコよくて、会場内にいる誰もが
うっとりしながら壇上の千景くんを見つめている。

　歓談の時間となり、千景くんの様子をそっとうかがうと、当たり前だけどたくさんの人に囲まれていた。

　輪の中心で千景くんは大人にも引けを取らずに笑って対応して……すごいな。

「うぉ、世界のトップモデルのリンネちゃんだ！」

「人気イケメン俳優のエータくんよ！」

　わいわい、ガヤガヤ。

「きゃあ、日本代表のサッカー選手まで！」

　柚が隣でわたしの肩をバシバシ叩いた。

「ちょっとサインもらってくるねっ！」

「いってらっしゃい！」

　来賓客はセレブリティ感あふれる人ばかり。

　す、すごいなぁ。

　なんて、そんなありきたりな言葉しか出てこない。

　なんの後ろ盾も肩書きもないわたしが、千景くんの隣にいていいのかな。

　絶賛、ネガティブ思考発動中。

「千景さん、お誕生日おめでとうございます。プレゼントにダイヤのタイピンをお送りさせていただきましたわ。世界にひとつしかないオーダーメイド品ですのよ」

　やっと話しかけられる！

　そう思ったのに、後ろからきた同い年ぐらいの女の子に先を越されてしまった。

　背中が開いた大胆すぎるドレスを着たその子は、千景くんの腕を取って可愛く笑っている。

「その白いタキシードもよくお似合いですわね」

「それはどうも」

　きれいな女の人ににこやかに応じる千景くん。

　ダイヤ……。

　オーダーメイド。

　世界にひとつという点では同じでも、わたしのプレゼントと比べると天と地ほどの差だ。

　不格好な手作りのブレスレットなんて、千景くんは喜ばないんじゃ……？

　手作りクッキーなんて、いかにも庶民が考えそうなものだよね。

　ミシュランの三ツ星を獲得したホテルのスイーツの方がいいに決まってる。

　わたしなんてやっぱり、千景くんには似合わないかも。

　千景くんはわたしなんかと一緒にいていい人間じゃない。

　住む世界って大事だよね。

　いつか特Ｓクラスの子に言われたように、『釣り合わない』というワードが頭の中をぐるぐる回る。

　だめだ、マイナスに考えすぎ。

　少し夜風に当たってこよう。

　プール付きの広い庭に出て、ベンチに座って大きく息を吐く。

　当日にお祝いできるのを楽しみにしてたけど、ひとことも話せないまま自信だけが失われていく。

　2人きりがよかったな。

　千景くんを独り占めしたい。

　ギュッとしてほしい……なんて、そんなワガママは言えない。

　庭には家族連れの姿が多く見られて、5歳くらいの男の子や女の子がいる。

　あの子たちくらいのときに千景くんと出会った。

　女の子だと思ってたけど男の子で、高校生になってから再会して、まさかこんなに好きになるなんて思わなかった。

「ねぇ、ひとり？」

　ぼんやりしていると突然誰かに声をかけられた。

　わぁ、人気イケメン俳優の！

「よかったら少し話さない？」

　大人の魅力が漂う雰囲気をまとったイケメン俳優さんが、わたしの隣に座った。

「さっききみのこと見かけて、可愛いなぁって。よかったら、今度一緒に遊ぼうよ」

「い、いい、いえ！　滅相もございませんっ！　そんな……！　隣にいるのも申し訳ないくらいですっ！」

　身振り手振りで否定する。

　オーラが眩しすぎて、まっすぐ見つめることができない。

「あはは。面白いね。ますます気に入っちゃった」

　スカートの上に置いた手の上から、イケメン俳優さんが手を握ってきた。

「あ、あの……？」

　ブワーッと寒気がして鳥肌が立った。

　む、無理……。

　とてつもなく失礼だとは思うけど、生理的にこの人受け
つけない……。

「連絡先教えてよ」

「……っ」

　ひっ！

　顔を近づけてこられて、思わずのけぞる。

「聞いてる？」

「い、いえ……あの」

　――チャポン。

　そのときかすかに水音がした。

　小さな音だったので気にとめるほどのものじゃないのか
もしれない。

　だけど、なんとなく気になった。

「ご、ごめんなさい。ちょっと失礼します」

「ねぇ待ってよ」

　イケメン俳優さんの声をスルーしてわたしはプールの方
へと足を進めた。

　さっきまで女の子と一緒に遊んでいた男の子の姿が見当
たらず、女の子がプールの方を呆然と見つめている。

「なにがあったの？」

「お、落ちちゃった……っ」

「え？」

　今にも泣き出しそうな顔で女の子がわたしのサマードレ

スの裾をつかむ。

「遊んでたら、ユウくんがプールに落ちちゃった……」

「ええっ!?」

　ど、どうしよう。

　迷ってる暇はない。

「お、俺は知らない。なんも見てないかんな！」

　イケメン俳優さんが慌てて駆け出すのを見ながら、わたしはパンプスを脱いで大きく息を吸い込んだ。

「待っててね、必ず助けるから！」

　女の子の手を取って、そっと下ろす。

　そしてわたしはプールへと飛び込んだ。

甘い夜に溺れて

　——ブクブクブク。

　どこ……？

　どこにいるの？

　暗くて周りがよく見えない。

　おまけにプールはとても深くて高校生のわたしでも足が届かなかった。

　さらには水に濡れたドレスが重くて思うように進めない。

　夜の水中がこんなに暗いとは……。

　それでもキョロキョロしながら男の子を探す。

　音がしたところからすると、絶対にこの辺にいるはずだ。

「ゴボッ……」

　突然ピキッと足に痛みが走った。

　こ、こんな肝心なときにっ……。

「ゴボゴボッ……」

　く、苦しい……。

　どうしよう。

　手でもがいても浮き上がることができず、息が限界に近づいてきた。

　ふとそのとき、後ろから誰かに腰の部分を引き寄せられて。

　驚きのあまり、手足をバタつかせた。

　するとさらに強い力で抱きしめるように、その人が密着してきた。

　大丈夫だよ、まるでそう言っているかのような抱きしめ方。

　視界の端に映る白いタキシード……。

　千景、くん……？

　ま、まさか。

　その人は片腕でわたしを、もう片方の腕で男の子を抱えていた。

　助けに来てくれたんだということがわかって抵抗をやめると、わたしたちの体を抱えたまま上へとのぼっていく。

　そしてゆらゆらきらめく水面が見えてきた。

「は、はぁはぁ……っ」

　プハッと顔を出してから酸素を体内に取り込む。

　く、苦しかった……。

　死ぬかと思った。

　た、助かった。

「げほっ、ごほっ……っ！」

「大丈夫か!?　綾乃！」

「はぁ、はぁ……う、うん……っ」

「しっかりしろ！」

「大丈夫だよ、ありがと……はぁ」

　やっぱり、千景くんだったんだ……。

　ライトに照らされた千景くんの顔には心配の色が浮かんでいる。

　わたしはそんな千景くんに心配しないでと微笑んでみせた。

「はぁ……マジでよかった……っ」

「千景、くん……」

「ひとりで無茶しすぎなんだよ」

　コツンと後頭部を小突かれた。

「ごめんね……」

「心臓が止まるかと思った」

「お、大げさだよ」

「本気で言ってるんだけど」

　うっ、ものすごい迫力……。

「ご、ごめんね、わたしの心臓が止まるかもっていう心配までさせちゃって……」

「いやいや、俺の心臓が止まるって話。よかった、無事で……ほんとに」

　千景くんはそう言って安堵の息を吐いた。

　せっかくのタキシードが濡れてしまっているけど、水に濡れていても千景くんの魅力は衰えることを知らない。

　濡れた髪をかきあげる仕草に思わず見惚れる。

「今度からはこんな無茶せずにすぐに警備員に知らせろよ」

「ごめん、なさい。わたし、無我夢中で……なんとしても助けたかったの」

「ユウくんっ！」

「ユウッ！」

　男の子のご両親が血相を変えて駆け寄ってきた。

「パパ、ママ！」

　男の子もどうやら無事だったみたい。

　パパに抱きかかえられて、嬉しそうに笑っている男の子を見てホッとした。

「ふふ、よかった……」

「うん、ほんとにね。でも、こんな無茶は今後絶対にしないこと。わかった？」

「う……はーい」

「大丈夫ですか！」

　プールの周りには人だかりができ始め、如月さんがバスタオルを手に駆けてきた。

　濡れたドレスが重くて、自力じゃプールから出ることができない。

　うぅ……情けないな、わたし……。

「綾乃、手かして」

「ち、千景、くん……」

　先にプールから出た千景くんがわたしに向かって手を差し出す。

　その手を取ると、一気に上まで引き上げてくれた。

「うっ……」

　あ、足が……まだつったままだ。

　片方の足だけピキーンとまっすぐに伸びて、動かすことができない。

「綾乃？」

「あ、足がつっちゃってて……あは、は」

カッコ悪い……。

久しぶりに全力で泳いだから、慣れないことはするもんじゃないなと実感。

それに大人しく助けを呼びに行っていれば、パーティーの主役である千景くんをずぶ濡れにさせずに済んだのかもしれない。

「ごめんね……せっかくのお誕生日なのに」

男の子が助かったのはほんとによかったけれど……。

あとさき考えないわたしの行動のせいで、千景くんをみっともない姿にしてしまった。

心苦しくて千景くんの顔が見られず、視線を下げる。

「わたし、千景くんになにもしてあげられてないよね……迷惑ばっかりかけちゃってる」

自分で言ってヘコんだ。

どんなときだってわたしを助けにきてくれるヒーローみたいな千景くん。

そんな千景くんの誕生日をお祝いしたかっただけなのに、とんだ失態だ。

実際、千景くんがきてくれなかったら男の子もわたしもどうなっていたかわからない。

わたしってもしかして、足を引っ張る存在でしかないんじゃ……？

「たしかにさ」

ドレスの裾をギュッと握るわたしの手の上に、千景くんの手がそっと重ねられる。

「あとさき考えない綾乃の行動にはハラハラさせられっぱなしだけど……俺は」

　恐る恐る顔を上げると目が合って、千景くんが照れたように頬をかいた。

　その仕草に胸がキュンと疼く。

「そんな綾乃が世界で1番大好き」

「……っ」

　耳元で甘く囁かれた瞬間、涙がブワッとこみ上げた。

「うぅ……千景、くん」

　優しすぎるよ。

　世界で1番だなんて、そんな風に言ってもらう資格はないのに。

「綾乃は綾乃のまま、ずっと俺の隣で笑っててくれるだけでいい。ピンチのときは俺が1番に駆けつけるから。それに迷惑だなんて思ったことは一度もないし、ありえないから」

　うっうっと声を押さえてむせび泣くわたしの肩にバスタオルがかけられる。

　ああ、もうだめ。

　気持ちがあふれて、止まらない。

「わたしも……千景くんが、好き」

「あー……、もう」

　勘弁してよとでも言いたげに唸ると、力強く抱きしめられた。

「マジで可愛すぎ」

「……っ」

「多分、俺の方がもっと好きだから」

　トクントクンと心臓の音が響く。

「う……羨ましいわ……っ」

「お似合いだよね」

「お互い想い合ってるのが伝わってくるわ」

「わたしたちにもあんな時期があったわね」

　周囲のざわめく声にハッとする。

　あたりにはものすごい人で、誰もが皆わたしたちに注目していた。

　わー……、恥ずかしい。

「千景くん、見られてる……」

「見せてんの」

　またもや大胆発言をされて、わたしの顔は火が灯ったみたいに熱くなった。

　近くで如月さんが目にハンカチを当てて涙を拭いている。

　わたしは恥ずかしくてたまらなくなり、そっと視線を下げてうつむいた。

「しっかりつかまってて」

「きゃあ！」

　何事かと思いきや、お姫様抱っこをされてしまった。

　水に濡れて余計に重くなったわたしの体を軽々と持ち上げて、部屋へと運んでくれる。

　その姿は紛れもなく王子様そのものだった。

「ふぅ」

　ホテルの部屋でシャワーを浴びて濡れた体を温めた。

　ホテル側が用意してくれたシンプルな白いワンピースを着て、髪を乾かす。

　鏡に映る自分の顔は未だに赤い。

『世界で1番大好き』

　……わたしもだよ。

　改めて千景くんのことが大好きなんだなって実感してしまった。

　──コンコン。

　髪を乾かし終えてどうすればいいかわからずにいると、部屋のドアがノックされてビクッと肩を震わせる。

「綾乃ちゃん?」

　女性の声がして恐る恐るドアを開けると、そこには千景くんのご両親が揃って立っていた。

「千景に様子を見てきてほしいって頼まれたの。大丈夫かしら?」

「は、はい!」

　千景くんのお母さんはすごく美人で若々しく、とても高校生の子どもがいるようには見えない。

　お父さんもタキシードがよく似合う大人の男性で、どことなく千景くんの面影がある。

　って親子なんだから、当たり前か。

　千景くんはお父さん似かな。

　だけど笑った顔はお母さん似。

　２人のいいところだけを受け継いで誕生したって感じ。

「わざわざありがとうございます。お騒がせして申し訳ありませんでした」

「うふふ、謝る必要なんてないわ。ユウくんのご両親も綾乃ちゃんに感謝してたもの。さっきの女の子も『ありがとう』って。それにわたしたちだって、綾乃ちゃんにはとても感謝してるのよ」

「そ、そんな、恐縮です……」

　ペコリと頭を下げるわたしの肩を、千景くんのお母さんは優しく叩いた。

「会いたかったわ、綾乃ちゃん。なかなか帰って来られなくてごめんなさいね」

「い、いえ、こちらこそいつもお世話になって。ありがとうございます」

「桐ケ谷一族は綾乃ちゃんならいつでも大歓迎だから、これからも末永く千景をよろしくね」

「え、えと？　あの？」

　とりあえず認めてくれてはいるっていうことなのかな。

「綾乃ちゃんのご両親にも、近々アメリカまでご挨拶にうかがおうと思ってるの。ね、あなた」

「ああ。綾乃ちゃん、今後も千景を導いてやってくれ。どうやらあの子は、きみだけには心を許してるようだからね」

　わたしの予想どおり千景くんのご両親はとても素晴らしい人で、千景くんを想う２人の大きな愛が伝わってきた。

「綾乃！」

「あ、千景くん」

　廊下を猛ダッシュしながら、わたしたちの前までやってきた。

「うふふ、じゃああとは若い2人で楽しんでね」

「千景、ハメを外しすぎるなよ」

「綾乃ちゃん、またお家でゆっくりお話しましょうね」

　お父さんとお母さんはにこやかに手を振って去っていった。

「なんか変なこと言われなかった？」

「変なこと？　ううん、なにも。いいご両親だね」

「まさか。うるさいだけだよ」

「それは千景くんを心配してるからだよ」

「そーかな？」

「そうだよ」

　ふふっと微笑んでみせる。

　なぜか千景くんはわたしの手を引いて部屋の中へと引っ張った。

「みんなのところに戻るんじゃないの？」

「その前にちょっとだけ」

「え？　んっ……」

　首をかしげたのと千景くんの唇が降ってきたのは、ほぼ同時。

　う……っ。

　キスを落としながら優しく抱きすくめられて、千景くんが密着してくる。

引き締まった胸板には、筋肉がしっかりついている。

前にも思ったけど、いい体してるよね……。

──ギュッ。

温もりが逃げてしまわないように、背中に腕を回してしがみついた。

「好き……だよ」

「俺も」

そう言いながら、千景くんがわたしの背筋を指で撫でた。

「ひゃあ！」

「ふはっ、背中弱いんだ？」

「もももも、もう！」

イジワル……。

でもそんなところも、たまらなく好き……。

「目、潤んでる」

「うぅっ……」

「誘ってんの？」

「ち、ちが……」

──ドサッ。

「きゃっ……！」

ベッドに押し倒されて、上から千景くんが覆い被さってきた。

手加減してくれているのか、わたしを労るような優しい手つき。

だけどその表情には余裕なんてなさそう。

「もう無理。止まんないっ」

「っ……！」

　熱のこもった鋭い眼差しで見つめられて、なにも言えなくなる。

　目をそらそうとすると、それさえも許してもらえず……再び唇が降ってきた。

　角度を変えて何度も何度もキスをされる。

「んっ……っ」

　さっきまでとは比べものにならないほどの甘いキス。

　声を出せば出すほど、千景くんの唇は熱を増していく。

「そんな目で見られたら、理性なんて簡単に飛ぶんだけど」

　全身から力が抜けてトロンとした目で見つめていると、より一層甘くなった声が耳を貫いた。

「綾乃はほんと、俺を煽るのがうまいね」

「んっ」

　温かくて、激しい唇。

　それをいうなら、千景くんはわたしをドキドキさせる天才だと思う。

「俺だけを見て」

　もう……見てる。

　千景くんしか見えないよ。

　甘い甘い夜に溺れて、千景くんの熱にほだされる。

「その顔、俺以外の男に見せるの禁止だから」

「ど、どの顔？」

「俺のことが好きでたまらないって顔」

「そ、そんなの千景くんの前でしかならないよ」

「……っ」

　千景くんは急にそっぽを向いて、耳まで真っ赤に。

　照れてる……？

　いつも、余裕たっぷりの千景くんが？

「ねぇ、こっち向いて？」

「……無理」

「千景くんの顔、見たい。だめ？」

「…………」

　ゆっくり振り向いた千景くんはさっきよりも赤くて、わたしまでときめいてしまった。

「あ！」

　そうだ……。

　誕生日プレゼント……！

　庭のベンチの上に、プレゼントが入った紙袋を置きっぱなしにしてきちゃった。

「会場に戻らなきゃ」

「なんで？」

「ほ、ほら、まだパーティーの途中だし」

「俺は綾乃と2人でいたいんだけど」

　そう言いながら千景くんは起き上がったわたしの腕を引いて、再びベッドに押し倒す。

「だ、だめだよ。戻らなきゃ」

「俺と2人きりでいるのが嫌なの？」

「そんなわけないよ」

　できるなら、わたしだって2人で過ごしたい。

　だけどプレゼントのことが気になるんだもん。

「ちょっと思い出したことがあるから、先に戻ってるね」

「待って」

　スネたように唇を尖らせた千景くんの顔が近づいてき
た。

　――チュッ。

　軽く触れるだけのキスをすると、千景くんは渋々わたし
を解放する。

「俺も戻るよ」

　そのあと身支度を整えて、2人で一緒に部屋を出た。

激しすぎる独占愛

「綾乃」

「んっ……」

　頬をくすぐられるような感覚に、反射的に顔を背ける。

　どこかから差し込む光が眩しい。

「おーい」

「んんっ、もう……食べられないよ……っ」

「ははっ、どんな夢見てんの？」

　クスクスという笑い声と一緒に、シーツの中でモゾモゾッと手が動く。

　もちろんそれは、わたしの手じゃない……。

　って、誰の!?

「起きなきゃ襲うけど？」

「んっ……!?」

　ハッとして目を開けて、しばしの間頭が回らずボーッとする。

　すぐそばには整った千景くんの顔。

　枕元に肘をついて、楽しげにわたしを見下ろしている。

「なな、なんで？」

「ぷっ、反応遅すぎ」

「……っ」

　だって、隣に寝てるんだよ!?

　うーん……。

　回らない頭で記憶を手繰り寄せてみる。

　昨日、あのあとパーティー会場に戻ってからしばらくするとお開きになって、千景くんと一緒に屋敷に帰ってきた。

　最初は庭のベンチ、それからその周囲。

　さらには会場内の至るところまで探し回ったけど、プレゼントは見当たらなくて。

　ヘトヘトに疲れ果てたこともあって、雪崩のようにベッドに倒れ込んだんだ……。

　それなのにどうして千景くんが隣にいるの？

　もちろん一緒にベッドに入った覚えはない。

「ここ、俺の部屋だよ」

「え!?　あ！」

「車の中でうとうとし始めた綾乃の手を引いて部屋へ連れてったら『まだ一緒がいい』って抱きつかれちゃって」

「うう、うそ!?」

　わたし、とんでもないことを……。

　は、恥ずかしい……。

「冗談。俺がまだ一緒にいたくて、寝ぼけてる綾乃を俺のベッドに寝かせたんだよ。寝顔が可愛くて眺めてたら、俺もいつの間にか寝ちゃってた」

　寝ちゃってたって、まるで子どものイタズラみたいに笑わないでほしい。

　朝から千景くんの笑顔は心臓に悪すぎるよ。

　でも幸せだな。

　好きな人と一緒にいるだけで心が満たされる。

「今さらだけど、おはよう」

「うん」

　じっと見つめ合ったまま数秒。

　先に目をそらしたのはわたし。

　だけど、そこでふと気づく。

　部屋のテーブルの上に乗せられた紙袋の存在に。

「あ！」

　サッとベッドから起き上がって紙袋をつかんだ。

　これはまちがいなくわたしの……。

　昨日走り回って探したのに見つからなくて落ち込んでたんだけど、どうしてここに？

「これ、どこにあったの？　昨日どれだけ探しても見当たらなかったのに」

「ん？　プールサイドのベンチに置いてあったらしいよ。俺へのプレゼントだと思ったスタッフが届けてくれたんだけど。もしかして、綾乃からの？」

　千景くんも起き上がってわたしの隣までくる。

　変な方向に寝ぐせがついた髪を見て、思わず噴き出しそうになった。

　……可愛い。

「もしかして、昨日走り回ってたのって……」

　顎に手を当てながら、まさかといった表情。

　──ギクリ

「こ、これは、ちょっと渡せないっていうか。千景くんは色んな人から、もっといいものもらってるでしょ？」

　自分のものが他人のものよりも劣っているような気がして、どうしても卑屈になってしまう。

　可愛くないよね、今のわたし……。

「もっと……千景くんに似合う女の子になりたい」

　ああ、またネガティブ発言。

　面倒なヤツだって思われる。

「それ以上可愛くなってどうするつもり？　俺だって綾乃に似合う男になりたくて必死なのに」

「なに言ってんの、わたしなんて全然っ。千景くんは完璧な王子様だよっ！」

「王子様、ね」

「王子様っていうか、ヒーロー。いつだって駆けつけてくれて、わたしを守ってくれる。だけど、わたしといると王子様みたいな千景くんをカッコ悪くさせてばかり……」

「綾乃はカッコ悪い俺を見てどう思うの？」

「めちゃくちゃカッコいい！　大好きだよ！」

　思わず力説してしまった。

「うん、じゃ、それでいいよ。綾乃は一生、俺に守られてて」

「へっ？」

　一生……？

「そしたらずっと、俺のこと好きでいてくれるんでしょ？」

　愛でるように髪を撫でられ、ドキドキが止まらなくなる。

「他人と比べる必要なんてないよ。俺は今目の前にいる綾乃を大切に思ってる。綾乃だけのヒーローでいたい、ともね」

　波のない海のように穏やかな笑顔。

　千景くんの言葉ひとつひとつが胸に染み込んでくる。

　わたしだけのヒーロー。

　そのためなら、たとえカッコ悪い姿をさらしてもいいってこと……？

「これ、受け取ってくれる……？」

　おずおずと紙袋を差し出すと、千景くんは大きく目を見開いた。

「いいの？」

「うん、大したものじゃないけど」

　形だっていびつだし、うまく作れなかった。

　だけど完璧じゃなくたって、いいよね。

「やばい、嬉しい……」

　ブレスレットを高くかざして、喜びに打ちひしがれているであろう千景くん。

　肩を震わせて、ほんとに嬉しそう。

「今までもらった中で1番。もったいなくて、つけられないよ」

「大げさだな」

「綾乃の手作りってだけで、もう……やばいっ。え、クッキーまで？　もしかして、これも手作り？」

「うん……」

　一応味見はしたけど千景くんのお口に合うかどうか。

　千景くんはラッピングをほどいて袋の口を開けると、クッキーをひとつつまんで口へ入れた。

「もう俺、死んでもいい……」

「ええっ！ 美味しくなかった、かな？」

　あわあわと青ざめるわたしの隣で千景くんがクスッと笑う。

「美味しすぎて、どうにかなりそうってこと」

　なんだ、よかった……。

　喜んでもらえたみたい……えへへ。

「お誕生日おめでとう、千景くん」

　遅くなっちゃったけど、直接言葉で伝えたい。

　恥ずかしくてこんなこと誰にも言ったことないけど。

「生まれてきてくれて、ありがとう」

　そっと見上げた千景くんの顔。

　目が合うと2人で一緒にはにかんで、どちらからともなく手を握った。

　触れるたびに、そこだけ熱を帯びて熱くなる。

「ずっと俺のそばにいてね」

　コクンと小さく頷いてじっと見つめていると、千景くんの顔がみるみるうちに赤くなった。

「照れる……」

　そう言ってそっぽを向く千景くんに、胸がキュンと高鳴る。

「か、可愛い……」

　こんな顔、レアだよ……。

「男に可愛いとか言うんじゃねーよ……」

　あらら、どうやら怒らせちゃったみたい。

　こっちが千景くんの素だったりして。

　どんな千景くんでも千景くんは千景くんで、わたしはそんな千景くんが大好き。

　これからもずっとそばで、もっと色んな顔を見てみたい。

「可愛い千景くんも、好き……」

「はぁ……綾乃はほんと」

「きゃっ！」

「そんな可愛いこと言われたら、もう止まんないよ？」

　熱を帯びた瞳で見つめられる。

「うん……いいよ」

　そう言ったら、どんな顔をするかなっていう好奇心。

「いいよって……意味、わかってないだろ？」

「え？」

「やっぱり……」

「キ、キスしたいってことでしょ？」

　うわぁ、キスとか言っちゃった……。

　ドキドキと心臓がうるさい。

「そんなんで済めばいいけどね」

「キス以上のことなんて、あるの？」

「……なにこの天然記念物」

「え？　天然……？」

　なぜかムッとしてる千景くん。

　その頬を指先でツンツン突っついた。

「あはは、子どもみたい」

「綾乃が悪いんだからな？」

「ごめんね？」

　首をかしげてにっこり微笑む。

「あー……、だからそうやって簡単に……俺を」

「え？」

「わかった、俺の負け。敵わないよ、綾乃には」

「う、うん？」

「つまり──」

　わたしの体をそっと抱き寄せながら、千景くんが唇を近づけてくる。

「大好きってこと」

　そう囁いてからフッと笑うと、千景くんはわたしの唇に優しくキスをした。

　２学期──。

「きゃああああ！」

「千景様～、おはようございます！」

　夏休みが明けて、初日の登校日。

「如月さん、いつもありがとうございます」

「いいえ、とんでもない。お気をつけて行ってらっしゃいませ」

　如月さんにお礼を言ってリムジンをおりると、待ってましたと言わんばかりの女の子の大群が待ち構えていた。

　相変わらず、人気者だなぁ……。

　チラリと見上げた横顔は涼しげに前を向いていて、女の子たちには目もくれない。

「どうしたの？」

　それでもわたしの視線には気づいてくれるなんて、嬉し
すぎる。

「人気者だなって」

　周囲に目配せして、ちょっとうつむき気味に歩いた。

　すると、腕が伸びてきて千景くんの指先がわたしの顎を
とらえた。

　クイッと上を向かされたかと思うと、それはもう一瞬の
できごとで。

　妖艶に微笑む、千景くんの顔が迫ってきたかと思う
と……。

　──チュッ。

　唇に温かいキスが降ってきた。

「ななな、なにすんの！」

「だめだった？　綾乃が落ち込んでるように見えたから」

「ひ、人前でなんて……恥ずかしすぎるよっ」

　わたしはとうとう顔を上げられなくなった。

　周囲からは次々と叫び声が上がって、バタンと倒れる人
の姿まで。

　気のせいかもしれないけど、男の人の低い叫び声のよう
なものも混じっているような……。

「いいじゃん。これで綾乃は俺のだって知らしめられた
し？」

　どこかに視線をやりながら、意味深な発言をする千景く
んに反省の色は一切ない。

「なに言ってんの……ほんと信じられない」

「綾乃は俺だけに愛されてたらいーの」

「っ……」

「ねっ？」

「そんな可愛く言ってもだめなものはだめ」

「ちぇっ」

　千景くんが小さく唇を尖らせる。

　夏休み中、千景くんは相変わらず毎日のように忙しくて。

　だけどその忙しい合間をぬって、わたしとの時間を作ってくれた。

　そのたびに甘い言葉やキスでわたしを惑わせて、赤くなったわたしの顔を見て満足そうに笑ってばかり。

　人前でも平気そうなところを見ると、やっぱり慣れてるよね、千景くんは。

　今まで好きな人や彼女はいなかったのかな。

　その子にもストレートすぎる愛情表現をしてたんだとしたら、ものすごく嫉妬してしまう……。

　過去にまで嫉妬しちゃうなんて……。

「綾乃〜、おはよう！」

「柚〜、おはよ！」

　教室に着くと早速柚がわたしの元へ。

　夏休み中にも何度か遊んだけど、会うのは１週間ぶり。

「校門前でのキス、かなりの噂になってるよ〜！」

「あれは、千景くんが……っ」

　って、情報はやっ。

「俺なりの愛情表現ってことで」

「あはは、言うね〜！ うまくいってるみたいでよかったよ」

　柚にまでからかわれて、恥ずかしいったらない。

「柚は？ 東条くんとデートしたんでしょ？ どうだったの？」

「なっ、あたしのことはいいでしょ！ ほっといてよ〜……！」

「だめ、答えて」

　そうなのです。

　実は先日、東条くんはやっとの思いで柚をデートに誘うことに成功した。

　軽い気持ちでオッケーした柚を見て、東条くんは泣いて喜んでいた。

　そんな2人のデートの行方が、すごく気になる。

「一緒に映画観て、ランチしてカフェに行っただけだよ」

「うわぁ、すごい。で？ で？」

「……楽しかった、かな。基本、東条くんってあたしの話聞いてくれるし。変な態度も言動も、少しはマシになったしね」

　ほんのりピンク色に染まる柚の顔。

　これはもしかして、もしかすると……。

「ふふっ」

「ちょ、なに笑ってんのー？」

「ううん、柚が幸せになってくれたらいいなってね！」

「もう！　あ、そういえばさ、人気俳優のエータ！　今、俳優生命のピンチに陥ってるらしいよ！」

「エータ？　誰だっけ？」

「いたな、そんなヤツも」

　千景くんが眉をピクリと動かして反応する。

　笑ってるけど、なんとなく目が怖い。

「桐ケ谷の誕生日に綾乃に言い寄ってきた俳優！　不倫してたんだって！　最低だよねっ！　それにしても、どこからそんな情報が漏れたのかな……まさかとは思うけど」

　チラリと千景くんを見上げる柚。

「そういうことは詮索しない方が身のためだよ」

　ブルリと身震いしたあと、柚はにこやかに笑う千景くんを見て頬を引きつらせた。

「桐ケ谷って、今までの彼女にもそんな態度だったの？」

　ピクピクと頬を引きつらせたままの柚が、千景くんに問う。

「今までの彼女？　そんなのいないよ。あとにも先にも、綾乃だけ」

「うそっ……！」

　その言葉に反応したのは、わたし。

　だってだって、信じられない。

　これだけ人気者でモテる千景くんに、彼女がいたことないなんて。

「あー、そういえば前は女嫌いだったよね。綾乃に対する態度見てたら、すっかり記憶が抜けてたわ」

「女嫌い？　俺は綾乃にしか興味がないだけだから」

「あー、はいはい。ごちそうさま。あとは2人でやってください」

　肩をすくめる柚の仕草に、思わず苦笑する。

「ほ、ほんとに彼女いたことないの？」

「もちろんだよ。俺が愛を向けるのは生涯で綾乃だけだよ？」

「な……っ」

　どうやら千景くんの愛は、わたしだけの特別なもののようです。

「だから綾乃も、一生かけて俺の愛を受け取ってくれる？」

「も、もちろんだよ……っ！」

　──愛されるなら、生涯ずっと千景くんだけがいい。

　そして、わたしが愛するのもずっと──。

　永遠に千景くんだけがいいな。

Fin.

書き下ろし番外編

幸せな未来

　2学期、10月も半ばに入ったある日。

「ねぇ綾乃」

「んー？」

「東条くんへの誕生日プレゼントって何がいいと思う？」

「ええっ!?　あ、あげるの？」

　教室での授業の合間の休み時間、何気なく綾乃に声をかけたら思いっきり驚かれた。

「一応プレゼントもらっちゃったからね。お返しはちゃんとしなきゃ」

　誕生日に東条くんがくれたバッグチャームは、スクールバッグにピッタリなおしゃれアイテムで、とても気に入っている。

「うんうん、いいね。喜ぶと思うよ、東条くん。全力でプレゼント選び手伝うね！　あ、でもどんな感じのものが好きなのかな。千景くんにリサーチしておくね！」

　あたしよりも俄然その気になってる綾乃を見てつい頬がゆるむ。

「ありがとう、助かる〜！」

　ほしいものはなんでも手に入れる財力や地位を持ってる東条くんに、何をあげたらいいのかなんてさっぱりわからない。

　そもそも、あたしからのプレゼントなんて喜んでくれる

のかな。

　でもでもせっかく渡すなら喜んでほしいから、全力で選ばせてもらおう！

　ここは綾乃に期待して桐ケ谷のリサーチ結果を待つことにした。

　それでも若干の不安は拭えないけど今は考えないでおく。

「なんでも喜ぶから、試しにそのへんのゴミでもあげてみればって千景くんが」

「な、なにそれ。いや、まともな返事が返ってくるとは期待してなかったけどさ」

　ゴミはないでしょ、ゴミは。桐ケ谷め。

「ごめんね、力になれなくて。でもわたしも東条くんはなんでも喜んでくれると思うな」

「うーん、こうなったら本人に直接リサーチしてみる。ちょっと特Sクラスまでいってくんね」

「おお、さすが柚！　行動が早いっ」

　特Sクラスへ駆け足で向かい、後ろのドアからそっと教室を覗いた。

　一般クラスのあたしはそれだけでもすごく目立つらしい。

　近くにいる人たちからのジロジロと突き刺さるような視線を感じる。

　早く要件を済ませてさっさと自分の教室に戻ろう。

「あの、東条くん」

　そっと声をかけたつもりだったけれど、誰もが一斉にこっちを振り返った。

　特Ｓクラスの雰囲気は慣れなくて苦手だ。

「いい、一ノ瀬さん！　どうしたの？」

　ガタガタとあちこちの机にぶつかりなから、大慌てでこっちへやってくる東条くんの動揺っぷりに思わず笑ってしまった。

　東条くんって癒し系というかなんというか、どんなときも必死であたし的にはそこがツボ。

　それになんとなくだけど、東条くんは他の特Ｓクラスの人たちとはちがうような気がする。

「うん、あのさ、今日の放課後って空いてる？」

「えっ!?」

　これでもかってほどに大きく目を見開かせる東条くんは、リアクションが大きいところも面白い。

「ちょっと付き合ってほしいところがあるんだよね」

「!!」

　なぜだか東条くんは苦悶（くもん）の表情で「うっ」と呻（うめ）きながら左胸を押さえ、鼻息を荒くした。

「都合悪い感じ？　ま、急だもんね。だめならべつに」

「あ、空いてるよ！　空いてなくても絶対空ける。だって一ノ瀬さんから誘ってもらえるなんて……俺もう、天に召されてもいい……っ！」

「あはは、相変わらず面白いなぁ東条くんは。じゃあ生徒

玄関で待ち合わせね」

「ま、待ち合わせ……一ノ瀬さんと……っ！　夢みたいだ」

「ふふ、よろしく～！」

　目を潤ませる東条くんに手を振って、あたしは教室へ戻った。

　ふう、とりあえず誘い出すことはできた。

　あとはどんなものがほしいかのリサーチをうまくやらなきゃ。

　放課後、学校を出たあたしたちは街中の大型ショッピングモールへと来ていた。

「東条くんはいつもどんな店で買い物するの？」

　まずは好みを知ることから始めてみることにした。

　そしたら何かわかるかもしれないよね。

「お、俺はいつも基本家でが多いかな」

「家？　もしかしてお店の人が家に商品を持ってくる、的な買い物のやり方？」

「うん、まぁ。あとは有料会員制のネットとか。い、一ノ瀬さんは？」

　さ、さすがホテル界の帝王。

　なんだか色々とすごい。

「あたしは……あ、このお店ちょっと見ていい？」

　ここにきたら必ず覗く可愛いコスメや雑貨が売ってるこのお店は、あたしの一番のお気に入り。

　久しぶりにきたことでついテンションが上がった。

「もちろんだよ」

　東条くんは笑顔で頷いてくれた。

「わ〜、新作のポーチ超可愛い〜！」

　手に取ってまじまじと眺める。

　デザインや形、色合い、柄全部があたし好みでついつい目移りしてしまう。

「わぁ、この色入荷してるー！　ほしいと思ってたのに売り切れててショックだったんだよね」

　あちこちの棚を見ていたら、東条くんも同じように覗きこんできた。

「たしかに一ノ瀬さんが好きそうなデザインだね」

「でしょでしょ？　あたし、こういう可愛いものに目がないの。こっちの色も可愛い〜！」

「か、可愛いのは……一ノ瀬さんだよ……」

「え、なんか言った？」

　声が小さすぎて聞き取れなかった。

「べべ、べつに……っ！」

「そう？」

「そ、それより、一ノ瀬さんはどれが一番気に入ったの？」

「うーんと、やっぱ最初に見た新作のポーチかなぁ。ミニタオルとのセットが可愛くて。でも今月はちょっと買えないから来月にでも買うよ。って……！」

　だめじゃん、今日は東条くんのリサーチをするためにきたのに、なにあたしがはしゃいでちゃっかり自分用の買うものまで決めてるの。

　東条くんが喜んでくれるものを探してるのに〜！

　思わず頭を抱えそうになったとき、東条くんが向こうのお店を指した。

「あっちの店も見てみよう！　きっと一ノ瀬さんの好みだと思うよ」

「え、いや、あの……っ」

　あたしが見たいのは東条くんのものなんだけど。

「でもこっちのお店も可愛い……！」

「ふふ、一ノ瀬さんのその顔が見れただけできた甲斐あったな……次も見よっか」

　すっかり東条くんのペースで、そのあといくつかお店を見て回ったけれど。

「はぁ、結局あたしが見てはしゃいだだけで終わっちゃった……」

　いったいなにしにきたのって感じ。

「楽しかったね！　一ノ瀬さんの目、ずっとキラキラ輝いてた！」

「くそぅ、こんなはずじゃなかったのに〜……！　あたしは東条くんが……」

　好きそうなものを探してたんだよなんて、ネタバレになるから言えないけど。

　慌てて口を押さえた。

「俺が、なに？」

「なんでもない。付き合わせてごめんね」

　東条くんはあたしがはしゃぐのを隣でニコニコしながら

見つめていた。

　興味がないであろう可愛いお店にも嫌がらずに入ってくれて、うんうんと相づちを打ちながらあたしの話を楽しそうに聞いてくれた。

　めちゃくちゃ気遣わせたかもしれない。

「全然！　一ノ瀬さんの色んな顔が、たくさん見れたし……！　ほんと幸せだった……っ」

　言動や挙動が明らかに変なときが多いけど、なぜだか憎めないし一緒にいると楽しくてつい盛り上がってしまう。

「ねぇちょっと休憩しない？　甘いものが食べたくなっちゃった。時間大丈夫？」

　もうすっかり日が暮れて外は薄暗い。

「もちろん、一ノ瀬さんといられるなら、いつまでだって……！」

「ふふ、東条くんって面白いよね。しかもめっちゃ持ち上げてくれるし〜！　気分いいなぁ。べつにあたしにそこまで気を使わなくてもいいのに」

「え、気なんて使ってないよ？　俺は本音しか言わないから」

「ふ〜ん……？」

　なんだか今、一瞬ドキッて。

　東条くんが調子のいいことばっかり言うから。

　本音しか言わないって……ほんとかな。

「い、一ノ瀬さんといられるなんて最高の贅沢で幸せだから、そのための時間を作ってくれてむしろ感謝してるくら

いだよ？」

「……ま、またまた〜、なに言ってんの！　あ、ここ美味
しそう！」

「じゃあここにしよっか」

　東条くんはさっとスマートにお店のドアを開けてくれ
た。

「先にどうぞ、一ノ瀬さん」

「あ、ありがと」

　行動や振る舞いからあたしを気遣ってくれているのがわ
かってなんだか照れくさい。

　和をモチーフにしたシックな店内。

　すぐに和装の店員さんがきて、笑顔であたしたちを席へ
と案内してくれた。

「どれにする？」

　ニコニコ顔でメニューを開きながら、東条くんがあたし
に差し出す。

「一ノ瀬さんの好きなものでいいよっ。俺は……もうすで
にいっぱいいっぱいだから」

「あたしは東条くんが好きなものが知りたいんだけどな」

「お、俺の好きなもの……？」

「うん、なにかある？　べつにスイーツじゃなくても、好
きなアイドルとか、こだわりのものとか、ブランドとか、
趣味のものでもいいよ」

　そういう東条くんの根本的な部分が知りたい。

　そしたらさ、喜ぶものをあげられるじゃん？

「俺は……っ」

「うん？」

「……っ」

　東条くんは視線をさまよわせてあたふた。

　返事が待ちきれなくて思わず身を乗り出して距離を詰めた。

「なーに？　もったいぶってないで教えてよ」

「うっ……そ、そんなに近くで見つめられたら……っもう俺、だめ……っ」

　東条くんは真っ赤になりながら頭を抱えてうなだれた。

「ほんとに無理だから……」

　な、なんなんだろう、この反応は。

　ウブ、なのかな？

　それとも東条くんの好きなものは、人に言えないようなものだとか？

　そう言われると余計に気になるんですけど。

　次の日。

「それでスイーツ食べて帰ってきたの？」

「うん、何がいいか全然わからなかった。東条くんてば『あっちのお店も可愛いよ』なんて言って誘導するのがうまいんだもん。メンズのお店になんて、ひとつも入れなかったよ〜！」

「うわぁ、想像つくなぁ。東条くんてさり気なくスマートで紳士的だもんね。気がついたら、いつの間にかペースに

巻き込まれてる感じ」

　綾乃の言葉にあたしは力強く頷いてみせた。

　まさに東条くんはそんな感じ。

　昨日のあたしはまさにペースに巻き込まれたの。

「東条くんは女子を甘やかしてくれるタイプだね。あたしに付き合ってくれた上に、スイーツまで奢ってくれちゃって……いや、あたしは楽しかったからいいんだよ。でも東条くんは……」

　楽しかったのかな。

　あたしといるのが贅沢で幸せとか言ってたけど、本心かどうかはわからない。

「ふふ、気になってるの？　東条くんのことが」

「ち、ちがう、そんなんじゃないよ」

　そう、そんなんじゃない。

　気になってるとかじゃないもん。

「夏休みにデートしてから柚ってば東条くんを意識しちゃってるでしょ？」

「や、やめて〜！」

「ふふ、柚と東条くんはお似合いだよ？」

「も、もう！　あー、プレゼントどうしよう〜！」

「誕生日当日は校外学習だもんね、それより前に渡す感じ？」

「うーん、そこも迷ってるんだよね。やっぱり当日の方が嬉しいと思うの。あたしならそうだし」

「だね、わたしも当日派！」

　校外学習は３日後でもう時間がない。

　ネットで『男子高生が喜ぶプレゼントランキング』を検索してみたけど、身につけるもののチョイスが多くてさすがにそれは彼女でもないあたしがあげるのはどうかと思った。

　１日中悩んでも答えは出なくて、気づけばすでに放課後。

「ねぇねぇ今野」

　最後の頼みの綱は今野のみ。

　あたしはわらにもすがる思いで教室を出ようとする今野を追いかけ、隣に並んだ。

「男子って誕生日プレゼントになにをもらったら嬉しい？」

「プレゼント？」

「そう。女友達からの」

「うーん、俺はサッカーが好きだからサッカーグッズならなんでも嬉しいかな」

　今野は少し悩んでからそう答えた。

「おお、サッカーグッズか。サッカー部の今野っぽい！」

「ま、俺の場合はだけどな」

　話してたらあっという間に生徒玄関に到着した。

　やたら女子が多いなぁと思ったら、特Ｓクラスの靴箱の前で３トップのメンバーが揃っているのが見えた。

　背が高いからみんな目立つ。

「東条様、お誕生日おめでとうございます〜！　少し早いですが受け取ってください」

「ずるいです、私のも！」

「あたくしが先ですわ！」

「あはは、喧嘩しないで。嬉しいよ。みんなありがとう」

　にこやかにみんなからのプレゼントを受け取る東条くん。

　他の子はどんなものを渡しているんだろう。

　嬉しい、か。

　そりゃそうだよね。

　あたしだって人に誕生日を祝ってもらえるのは嬉しい。

　東条くんは人気者だから色んな人にお祝いしてもらえるよね。

　べつにあたしじゃなくてもいいんだ……。

　そう考えたら気分が沈んだ。

　それになぜかニコニコ顔の東条くんを見ていたら、ちょっとモヤモヤした。

「……あたしが渡すことに意味なんてあるのかな」

　こんなに悩んでバカみたい……。

　他の子とかぶっても嫌だし、悩みすぎてなにも思いつかないし、桐ケ谷が言うようになにを渡してもあんなふうに喜んでくれると思う。

　なんであたし、自分だけが東条くんの特別な気がしてたんだろう。

　歯の浮くようなセリフに惑わされて翻弄されるなんてバカみたい。

　国宝級のプリンスの東条くんはみんなに平等に愛想を振りまいて、あたしに言ったのと同じような甘いセリフを他

の子にも言ってるかもしれないのに……。

「あ、もしかして相手って東条だった？　あいつもモテるんだな」

「うん……あたしのときももらったから、一応ね。でももういいや、悩むのやーめた！」

　東条くんのことは考えない。

　気にしない。

　知らない。

「帰ろ帰ろ。今野は部活なの？　ないなら途中まで一緒に帰……っ」

「い、一ノ瀬さんっ……！」

　東条くんに呼び止められて、思わず鼓動が飛び跳ねた。

「今野と帰るの……？」

　一歩一歩近づいてくる東条くんから、あたしはそっと目をそらした。

「いこっ、今野」

　今野の腕を引っ張って東条くんのそばを離れる。

　振り返っていないのに、背後から視線がついてくるのがわかった。

「おい、どこまでいくの」

「あ、ごめんっ、つい」

　校門を出たところでパッと今野の腕を離して我に返る。

「どうしてあたし、あんなこと……思いっきり感じ悪かったよね？　最低だぁ……」

　自分の行動が理解できなかった。

　なんであんなこと。

　自分で自分がわからない。

　でもああせずにはいられなかった。

　普通に東条くんと話せる気になれなかったんだ。

　東条くんが他の子にプレゼントをもらって嬉しそうにしてるから……っ。

「俺部活があるから戻るけどさ、一ノ瀬の気持ちもわかるよ。嫉妬だろ？」

「え……？」

　嫉妬……？

「俺にはそう見えたけど、ちがう？」

「なっ……！　なに言ってんのっ！」

　思わず焦って顔が熱くなる。

「はは、真っ赤。わかりやすいな、一ノ瀬は」

「や、やめて～！　ちがうんだからっ」

「はは。もうちょい話してたいんだけど、マジで時間やばいからさ。そろそろ部活いくわ、じゃあな！」

「ちょ、ちょっと待ってよ……」

　爆弾だけ投下して去ってくなんて、そんなのずるい。

　あたしひとりでどうしろっていうの。処理しきれないよ。

　でも嫉妬って言われて自分の中の感情に合点がいったのも事実。

「一ノ瀬さんっ！」

　ギクリ。

今顔を見られたら絶対にだめ。

きっともっと赤くなる。

今野め～！

「な、なんでそんなに赤くなってるの？　もしかして今野になんかされた？」

　時すでに遅しで、前に回った東条くんに顔を覗きこまれてしまった。

「ち、ちがうよ、べつになんもされてないっ……！」

「一ノ瀬さんってウソがヘタだね。まさか……今野が好き、とか？」

「な、なにそれ……っなんでそうなるの」

　しどろもどろになりながらなんとか受け答えをしてみせる。

　今野のせいで東条くんを意識してしまい、まともに目を見ることができなかった。

　嫉妬とか……ちがうんだから。

「か、帰る、じゃあね！」

　我慢できなくなってあたしは逃げるようにそこを立ち去った。

　３日後。

「なんで３トップのメンバーがうちのクラスのバスにいるの？」

「ヤバいよね、同じ空気を吸ってるだなんて！」

「神聖な場所にいるみたい～！」

　大型バスの一番うしろ、5人掛けの席の真ん中があたし、そして右隣には綾乃、その隣に特Sクラスの桐ケ谷、あたしの左隣に東条くん、その隣には水谷という図。
「ねぇ綾乃、なんだかおかしくない？」
「んん？　柚、なにが？」
「いや、おかしいでしょ。気づこうよ、慣れちゃだめだって」
「あ、柚も干し梅食べる？　バス酔いにいいよ」
「ううん、大丈夫。あたし酔わないから。って、そうじゃなくて」
　よりによってどうして特Sクラスの3人がうちのクラスのバスにいるの。
　そして言うまでもなく注目を浴びてる。
　それはまぁべつにいいとしても、どうしてあたしの隣が東条くんなのか。
　妙にそわそわして落ち着かない。
　今野が嫉妬なんて言うから、そのせいだ。
　誕生日プレゼントも結局なにがいいかわからずじまい。
　ちらり、横目で東条くんを見る。
　何食わぬ顔で水谷と会話してる東条くん。
　朝会ったときも普通だったから、この前のことは特に気にしていないらしい。
　そういえば小等部の低学年のときにも遠足のバスで東条くんが隣だったことがあったっけ。
　あのときは同じクラスだったから、一緒のバスでもなんの違和感もなかった。

「なに？」

　あたしの視線に気づいた東条くんが、どこか緊張気味に背筋を伸ばして振り向いた。

「小等部１年生のときにも同じバスで隣だったなって。覚えてる？」

「ももも、もちろん、覚えてるよ。忘れるわけないから。っていうか、一ノ瀬さんも覚えててくれたの……っ？」

　あのとき確か東条くんはバスに酔ったんだよね。

「そこまで記憶力悪くないから〜。ちゃんと覚えてるよ」

　パアッと目を輝かせる東条くんに思わず頬がゆるむ。

　それを見た東条くんの顔がみるみる真っ赤になった。

「うっ……！」

　お決まりの左胸を押さえるポーズに水谷が隣で小さく笑った。

「早くこいつをどうにかしてよ」

「どうにか？」

「さっさと気持ちに応えてやるとかなんとか」

「え……？」

「おい春、なに言ってんだよ。ごめんね、一ノ瀬さんっ」

「ううん、あたしはべつに……綾乃、やっぱ干し梅ちょうだい」

「うん、いいよー。はい」

　水谷が変なこと言うから、また意識しちゃったじゃん。

　干し梅を食べて気持ちをスッキリさせた。

　今日は東条くんの誕生日。

　まだおめでとうも言えてないから、せめてそれくらいは
伝えなきゃと思ってる。
　どこかのタイミングで言えるといいな。
「わぁ、着いた着いた〜！」
　校外学習とは名ばかりで行き先は山奥にあるグランピン
グができる最新のアウトドア施設。
　バスを降りて伸びをする。
　空気が澄んでてとても気持ちいい。
「バーベキュー楽しみだね！　あたしお腹空いちゃった」
「わたしもー！」
　バーベキューをして楽しむというのが毎年の恒例らし
く、クラスごとに整列して炊事場へと移動する。
「ねぇ柚、東条くん知らない？」
「え？」
　綾乃がキョロキョロしながらあたしに言った。
　桐ケ谷と水谷はうちのクラスの列にいるけど、東条くん
が見当たらない。
　っていうか、この人たちはバーベキューもうちのクラス
に混ざる気なのか。
　それにしても東条くんはどこへ……？
　あ！
「あたしちょっと探してくるから、先にいってて」
　直感でピンときたあたしは駆け足でバスが停車している
場所へと戻った。
　お手洗いの近くの自販機で水を買い、展望デッキに移動

する。

「いた！　東条くん！」

　ベンチの上でぐったりしている東条くんを見つけた。

「大丈夫？　やっぱり酔っちゃった？」

「い、一ノ瀬さん……っ、どうして」

「いいよいいよ、起き上がらなくて。そのまま横になってて」

　東条くんは青白い顔で見るからに調子が悪そうだ。

　バスのときは気づかなかったけど、ぐねぐねの山道に酔ったっぽい。

「はい、水。買ったばっかだから冷たいよ」

「……っ」

「飲めそうなら飲んで。スッキリするから」

「あ、ありがとう……っ、でも、一ノ瀬さんが買った水なんて……尊すぎて飲めないっ」

「なに言ってんの、こんなときまで」

「みっともないとこ見せてごめん。情けないね、俺」

「ん？　なにが？」

「カッコ悪いとこしか見せてない。もっとカッコいいとこ見せたいのに……」

「あはは、今はそんなこと考えずにとにかく休んで。ね？」

「ん」

　それからしばらく休むと東条くんの顔色はみるみるよくなっていった。

「もう大丈夫だよ。巻き込んでごめん」

　起き上がり、小さく息を吐く東条くんはすっかり元に

戻ったようだ。

　ツラそうだったのが今はとても楽になったように見える。

　よかった。

「みんなのところにいこっか。探してるかもしれないし」

「待って」

　突然手をギュッと握られた。

　何事かと目を見張るあたしに、東条くんは優しく微笑む。

「1年生のときも一ノ瀬さんは俺に優しくしてくれたよね」

「そ、そうだっけ？」

　あははと軽く笑い飛ばす。

　そうでもしないとつかまれた手が熱くて、どうにかなりそうだった。

「あのときバスで吐いた俺を周りが嫌な目で見つめる中、一ノ瀬さんだけは心配して優しく背中をさすってくれた」

「そんなの普通だよ、隣の席だったから。優しくしたつもりはないんだけど」

「でも俺は嬉しかった。あのときの一ノ瀬さんの小さな手の温もりが未だに忘れられないんだ。どれだけ心強かったか、救われたか。それに今だって……」

「……っ」

　こんなことを言われて赤くならないなんて……無理だ。

「あのとき『大丈夫？』って俺に声をかけてくれたときの顔がすごく可愛くて、碧い瞳もその髪も、一ノ瀬さんの存在全部がもう、あの日から俺にとっては特別で。今日まで

毎日毎日、一ノ瀬さんのことばっか目で追ってた」

「……」

「俺は、一ノ瀬さんのことが……好き、なんだ」

「……っ」

「カッコいいとこ見せられるように努力するから……俺を見てもらえないかな？」

　東条くんはゆっくりこっちを振り向いた。

　熱い眼差しで見つめられ、心臓がドキドキと変に高鳴る。

　なにか言わなきゃ、なにか。

　恥ずかしい、照れる。

　なにを言えばいいの。

「実は俺今日、誕生日でさ。でも……なにもいらない。望まない。今こうして一ノ瀬さんと一緒にいられるだけで、気持ちを伝えられただけで十分だから。聞いてくれてありがとう」

　伏せ気味に言った東条くんの手が震えていることに気づいた。

　恥ずかしくてたまらないけれど、指先に力を入れて恐る恐る東条くんの手を握り返す。

　好きかどうかって聞かれたら迷うけれど、あたしにはこの手を振り払うことなんてできない。

「うっ、い、一ノ瀬さんが俺の手を……っ！」

「恥ずかしいから反応しないで」

「で、でも……ドキドキしすぎて相当ヤバい……っ」

　東条くんの顔は誰がどう見てもわかるほど真っ赤で、あ

たしはなにも言えなくなった。

　あたしは東条くんの特別だって、そう思ってもいいのかな。

　自惚れすぎ？

　でもね、好きだと言われて嬉しかった。

「好きすぎてどうしよう……俺マジでこのまま天に召されてもいい……この人生に悔いはない」

「だ、だから……っ、照れる。ほんとやめて」

「でも俺、ずっと夢見てて……今でも夢なんじゃないかと疑ってるんだ」

「……大げさだな」

「一ノ瀬さんを前にすると胸が痛くて破裂しそうになる。なにも望まないなんてただの強がりだよ。余裕なんてないし、誰にも取られたくない」

　ギュッと手の力が強まった。

　熱をはらんでいく東条くんの瞳が、あたしを好きだと言っている。

「こうして触れてるとどんどん欲があふれて、なりふりかまわず振り向かせたくなる……。誰のものにもしたくない。お願いだから、今野なんかやめて俺を選んで……っ？」

　今野……？

　まさかまだ勘違いしてる……？

「今野のことはなんとも思ってないよ？」

「2人でコソコソ帰ってたよね。一ノ瀬さんから手を繋いだりしてさ。俺、相当ショックだったんだけど……」

「そ、それは、東条くんが……他の女の子から誕生日プレゼントをもらって嬉しそうにしてるから……っ」

「えっ!?」

　ああ、どうしよう、こんなことを言うつもりはないのに止まらない。

「ショッピングモールに誘ったのだって、東条くんの好きなものをリサーチするためだよ。でも結局、あたしがはしゃいだだけで終わっちゃって不完全燃焼で。次の日は1日中、東条くんへの誕生日プレゼントどうしようってすごく悩んで……今野に相談に乗ってもらったんだよ。そしたらたくさんの女の子からプレゼントもらって嬉しそうにしてる東条くんに会って……あたしからのプレゼントなんていらないよなって思ってそれで」

「な、なにそれ……っ、なんで」

「だよね、引くよね。ごめん、あたしなに言ってんのかな」

「ち、ちがうよ、なんでそのときに言ってくれないの？ 一ノ瀬さんにそんな思いをさせてたなんて……っ自分を殴りたくなる」

「ええ、そっち……？」

「ごめん、俺、なにも気づかなくて。他の子からのプレゼントはもらってありがたいとは思うけど、ただそれだけで幸せな気持ちにはならない。でも一ノ瀬さんからのものならどんなものでも幸せだし、たとえゴミだったとしても家宝にする！　毎日崇めて拝み倒すよ」

　家宝……？

　ゴミを崇める？

「いや、さすがのあたしでもゴミはあげないよ？」

　桐ケ谷も東条くんもあたしをなんだと思ってるのかな。

「……ありがとう」

「え？」

「俺の誕生日を一ノ瀬さんが知っててくれただけでもう、それが最高のプレゼントだよ。俺のために1日中悩んでくれたとか……その事実だけで胸がいっぱい。プレゼントなんてもらった日には、俺はもう嬉しすぎてこの世にいないと思う」

　どう反応すればいいんだろう。

　東条くんはきっと本気でそう言ってるから笑い飛ばせない。

「他の子からのものは気持ちを無下にできないから受け取るようにしてたけど、それで一ノ瀬さんに嫌な思いをさせるくらいならこれからは全部断るよ。っていうか、嫉妬してくれたんだよね……っ　そう思っていいのかな？」

「う……っ。ま、まだそうとは言ってない」

　だってそれじゃあ、あたしが東条くんを好きだと言ってるようなものだもん。

「嬉しいなぁ……一ノ瀬さんが嫉妬とか……っ。それだけで1年は幸せに暮らせるかもしれない」

「ちがうからね？　っていうか、東条くんの頭の中ってどうなってるの」

「ふふ、見てみたい？　きっと驚くよ」

　なにか企むような妖しい微笑み。

　知らなかった、こんな顔もするんだ。

「一ノ瀬さん」

「ん？」

　スッと立ち上がった東条くんは体ごとあたしに向き直った。

　その顔は真剣だ。

「今後なにがあっても今野だけには相談しないで？」

「え？」

「俺のことは俺に言えばいいから。ね？」

　有無を言わさない圧力をかけられた……ような気がする。

　東条くんの目の奥が鋭く光って、素直に頷く以外方法はなかった。

「次に今野といるとこ見たら、ほんと自分がなにするかわかんないし……いいよね？」

「う、うん」

　あれだ、桐ケ谷と同じような、ちょっとダークな感じ。

　優しいプリンスのイメージだったけど、ちがう顔もあるのかもしれない。

「それと……ありがとう。一ノ瀬さんに優しくしてもらえるならバスに酔うのも悪くないかな」

　そんなことを真顔で言われちゃったらさ、普通にドキドキしちゃうよ。

「東条くん」

「ん？」

　元に戻ってる、優しい顔だ。

「誕生日おめでとう」

「あ、ありがとう、今日は最高の日だよ」

　そう言って東条くんは照れくさそうにはにかんだ。

「あ、そうだ。一ノ瀬さんにこれあげる」

　東条くんは自分のリュックから何かの包みをあたしに差し出す。

「あまりにも一ノ瀬さんが可愛くて、あのあとすぐに戻って買ったんだ。だからその、受け取ってもらえると嬉しいんだけど」

　恐る恐る袋を受け取り、ラッピングをほどいていく。

　中身はあたしが来月買うと言ったポーチとミニタオルのセットだった。

「……ありがとう、いいのかな。あたし、誕生日でもなんでもないのに」

「俺に幸せな時間を与えてくれたお礼だから気にしないで」

「なにそのあたしに都合の良すぎる理由は。東条くんといたら甘やかされる気しかしないんだけど」

「ふふ、一ノ瀬さんは一生俺に甘やかされてたらいいよ。俺もそのつもりだし」

「なっ……！」

　いっ、一生……？

「もし、もしも、俺を好きになったらさ」

　東条くんはあたしの耳元に唇を寄せた。

「誰かに言う前に一番に俺に教えてね？」

　クスリと笑われてあたしは真っ赤になる。

　この顔が答えのようなものだよね。

　でも言えない恥ずかしすぎて無理。

　だいたいあたしのキャラじゃない。

「ね？」

「う、うん」

　不敵に微笑む東条くんには全部見抜かれいるんじゃないかな。

　あたしの気持ちをわかってそう言ってる？

　だとしたら、東条くんには敵わない。

　でももう少し、この気持ちがちゃんと固まったら……ちゃんと東条くんに伝えよう。

　そんなに遠くない未来で、きっとあたしたちは笑い合える。

　甘やかされ続ける幸せな未来が、ふと頭の中に見えた気がした。

溺甘王子の独占愛。

「ああ、どうしよう」

　クローゼットの中からたくさんの洋服を出してベッドに並べる。

　わたしはもう1時間以上も服選びに迷走していた。

　明日は久しぶりのデートだから、とびっきりおしゃれして思い出に残るような1日にしたい。

　そのためにも気合いを入れなきゃとは思うものの、千景くんの好みがわからないから選ぶのが難しい。

　どんな服装の女の子が好みなのかな。

　そう言えば聞いたことないな、そういうの。

　──コンコン。

「綾乃？」

「わぁ」

　部屋の中扉がノックされて、わたしは思わず飛び上がった。

「入ってもいい？」

「だ、だめっ！　今日はだめ」

「今日は？　俺は綾乃に会いたいのに」

　そんな嬉しいことを言われるとつい「いいよ」って言ってしまいそうになる。

　でもだめだめ。

　明日のデートまで準備しなきゃいけないことがたくさん

あるから今日は我慢。

「ごめんね。わたし、そろそろ寝ようかなって」

「そっか。明日は10時に玄関ホールで待ち合わせな」

「わかった！」

「じゃあおやすみ」

「おやすみ、千景くん」

　千景くんの気配が離れたのを確認してから、顔にナイトクリームを塗ってマッサージをした。

　少しでも可愛く見られたいなんて、どれだけわたしは千景くんを好きなんだろう。

「うわぁ、いい天気」

　朝、目覚めるとカーテンの隙間から雲ひとつない青空が広がっていた。

　11月中旬、気温が下がり日に日に寒くなり続けているそんな季節。

　もうすっかり冬だなぁとしみじみ感じながら、用意した服に着替えた。

　あれだけ悩んだ挙句、無難な花柄のロングワンピースにした。

　髪をゆるく巻いて、薄いピンク色のリップを唇に塗る。

　メイクはほとんどしたことがないので、それだけでも十分いつもとはちがう自分になった。

　毎日会ってるはずなのに、会えると思うと緊張して落ち着かない。

「千景くん、お待たせ！」

　時間ギリギリに玄関ホールへ行くと、すでに千景くんが待っていてくれた。

　ジャケット姿に黒のマフラーがよく似合っていて、やっぱり何を着ても似合うしサマになる。

　わたしなんかが隣にいるのはもったいないくらい、今日の千景くんはカッコいい。

「どうしたの？　人の顔じっと見て」

「いや、あの、今日の千景くんも素敵だなって」

　口がすべってついつい本音が出た。

　『も』って、すごく恥ずかしい。

「……」

「千景くん？」

　首をかしげながら黙ってしまった千景くんの顔を覗き込む。

「ずるい綾乃、そんなの反則だよ。俺の方が綾乃の可愛さに参りそうなんだけど」

　千景くんがわたしの手をギュッと握った。

　ほんのりピンク色に染まる千景くんの顔からは照れているのがわかる。

　千景くんでも照れたりするんだ。

　なんて、新たな発見。

　嬉しいな、えへへ。

「綾乃が可愛すぎて他の誰にも見せたくない。どこへもいかず、部屋に閉じ込めておきたいくらいにね」

「あはは、千景くんってば冗談ばっかり」

「本気、なんだけどな。よし、じゃあいこっか」

「うん！」

　さり気なく手を引き、外へとエスコートしてくれる千景くんについて歩く。

　デートだからということで今日は如月さんの送迎ではなく、外を歩いてみたいというわたしのお願いを聞いてもらった。

　行き先は電車で１時間のところにある有名なキャラクターのテーマパーク。

「わぁ、可愛い〜！」

　エントランスをくぐった瞬間、思わずそんな声がもれた。

　ポップなテーマソングが別世界へと誘ってくれる。

「綾乃が好きなところから回ろうか」

「いいの？　ありがとう！　でも行列だから待ち時間とかあるよね。少なそうなやつからいかなきゃ」

「それなら大丈夫だよ。好きなのからいこう」

　4D映像付きのライダーに体感型ゲーム、さらにはチケットが取りにくいと言われてるプリンセスたちによりキュートなショーまで。

　どれも行列だったのに待ち時間なくアトラクションを楽しむことができた。

　これも千景くんの見えない力のおかげなのかな。

　そういうことが多々あってすごいと思わされるけれど、理由を深く追求するとはぐらかされるのはわかりきってる

ので、あえて突っ込まないでおく。

「楽しい？」

「うん、とっても！　千景くんのおかげだよ、ほんとにありがとう！」

「その言葉だけで今日は来た甲斐があったよ。綾乃のはしゃぐ姿を近くで見れて幸せ」

「も、もう、なに言ってるの」

　千景くんってば、恥ずかしげもなくそんなこと。

　いつものことだといってもそう簡単に慣れるもんじゃない。

「そんなんで赤くなってんの？　可愛いな、綾乃は」

　クスクス笑われて、わたしの顔にはさらに熱が帯びていく。

　王子様みたいな千景くんを、すれ違う女の子たちが振り返って見てる。

　目立つよね、どこにいたって千景くんは。

　だってとても素敵なんだもん。

　上からまっすぐ見つめられると、それだけで心臓がドキドキして落ち着かなくなる。

「は、恥ずかしいからそんなに見ないで」

「それは無理なお願いかな。昨日の夜も散々我慢させられたんだから」

「……なっ」

「ふふ、そろそろお昼だね。ミミーちゃんレストランを予約してあるんだ」

「み、ミミーちゃん……っ！」

　どうしてわたしがミミーちゃんを好きだと知ってるの？

「言っただろ、綾乃のことならなんでも知ってるって。さ、いこう」

　しっかりと繋がった手に意識が集中する。

　すぐそばの千景くんの横顔をチラ見してたら、何度も目が合って余計に照れくさかった。

　レストランのご飯も美味しくて、ミミーちゃんプレートに目を輝かせるわたしを千景くんは満足そうに見て笑っていた。

　ここに来たかったのも事実だけど、本音は千景くんといられるならどこだってよかった。

　一緒の時間を過ごせるだけでいい、隣にいられるだけで十分。

　こんな贅沢で幸せな時間、いつかバチが当たるんじゃないかな。

「デザートも食べる？」

「ううん、もうお腹いっぱいだよ」

「ミミーちゃんパフェが有名みたいだけど」

「ミミーちゃんパフェ……っ！」

　お、美味しそう。

「ふふ、オーダーするね」

　千景くんはすかさずパフェをオーダーしてくれた。

　わたしの思考を全部わかっているみたい。

　わたしにも千景くんが考えてることが全部わかればいい

のに。

　って、いつの間にこんなに千景くんを好きになってたのかな。

　付き合いたてより今の方がもっと……。

　千景くんも同じ気持ちでいてくれてるといいな。

「もしかして、成瀬？」

　ミミーちゃんレストランを出てミミーちゃんショップを見ているときだった、背後から恐る恐る声をかけられたのは。

「え、あ！」

　振り返るとそこには中学のときの同級生、塩田くんが立っていた。

　中学3年生のときに同じクラスでムードメーカー的存在だった塩田くんは、誰とでもすぐに仲良くなれてみんなに平等に優しい人だった。

「塩田くん？」

「やっぱり成瀬じゃん。うわ、かなり久しぶりだな」

「ほんとだねー、まさかこんなところで会うなんて！」

　地元を離れて千景くんの家でお世話になっていることもあり、中学の同級生とはそう頻繁に会えない。

　懐かしさがこみ上げ、自然と頬がゆるんだ。

「元気にしてんのかよ？」

「うん、塩田くんは？」

　懐かしくてついつい話が弾んだ。

　そこへ別のコーナーでお土産を見ていた千景くんがやっ

てくる。

「綾乃。誰？」

「千景くん、こちらは中学の同級生の塩田くんだよ。たまたまさっき会ったの」

「ふーん、たまたま、ね。どうも、綾乃の彼氏で婚約者の桐ケ谷です」

　んんっ……？

　こ、婚約者？

「おお、成瀬にこんなイケメンの彼氏がいるとは驚きだなっ」

「え、あはは、わたしにはもったいなさすぎるほどの人で」

「ま、がんばれよ。じゃあ俺はこのへんで。あ、たまには地元に遊びに来いよ。同窓会しようぜ」

　塩田くんは元気に手を振り去っていった。

「わたしグッズ買ってくるね」

　そのままレジに並んでお会計を済ませた。

　千景くんは外で待っていてくれて、再び並んで歩き出す。

　手を繋ぎたかったけど千景くんの両手はポケットに入れられていて、わたしを拒否しているようだった。

　さらには横顔を見つめても目も合わなくて、いったいどうしちゃったんだろう。

「次はどれにする？」

「あ、えっと」

「いきたいとこ全部回っちゃおう」

　なんだか千景くんの様子が変だなと思いながらも、その

あともアトラクションを楽しんだ。

　最後はこのテーマパークの目玉でもある観覧車に乗って、一日を締めくくることになった。

「うわぁ、夕焼けがきれいだね千景くん」

　観覧車で向かい合い、外の景色を見つめるわたし。

　千景くんはうつむいたまま自分の手元をじっと見ていた。

「千景くん？」

「え、ああ。そうだな」

「ねぇ、やっぱりなんか変だよ。何かあったの？」

　千景くんはしばらく黙ったあと、勢いよく顔を上げた。

「あいつに……会えてうれしかった？」

　え？

　あいつ……？

「塩田、だっけ。うれしそうだったよな綾乃は」

「うれしいっていうか懐かしいっていうか、そんな感じかなぁ」

「俺のことは覚えてなかったのに、あいつのことはすぐにわかったんだね」

　ふてくされるように千景くんが唇を尖らせた。

　まさか塩田くんのことで態度がおかしかったの？

「千景くんのこと、完全に忘れてたわけじゃないよ？」

　女の子だって思い込んでたから、最初に会ったときに気づかなかっただけ。

　男の子だって知ってたらどうだっただろう。

「綾乃の視界に俺以外の男がいるのは嫌だ。俺だけを見て
ほしい」

　千景くんはいつだってストレートに気持ちを表現してく
れる。

「み、見てるよ、いつだって千景くんだけを」

　だから同じようにわたしも本音を言った。

　オレンジ色に染まるゴンドラの中で視線が重なる。

「ほんとに？」

「う、うん……」

　不安なのか千景くんの眉は下がったままだ。

「わ、わたしは千景くんが好きだから」

「綾乃……っ」

　千景くんの大きな手に握り返された。

「俺だって綾乃が好きだよ。世界一、ううん宇宙一大好き。
綾乃さえいれば何もいらない。俺という人間は綾乃で構成
されてるんだ」

「う……」

　大げさすぎるよ。

「俺から綾乃を取ったら何も残らない。それくらい俺の中
で大きな存在なんだ」

　歯の浮くようなキザなセリフも千景くんが言うとカッコ
いい。

「だから綾乃には一生俺のそばにいてほしい。俺の隣で笑っ
ててほしい。それだけで俺は頑張れるから」

「千景、くん」

「綾乃は俺の源で原動力なんだよ」

　も、もうだめ。

　恥ずかしすぎて、照れくさくて、でもそれ以上にうれしくてどうにかなりそう。

　千景くんがわたしの隣にきてゴンドラがぐらりと揺れる。

「わっ」

「っと、ごめん。怖いの？」

　とっさに手すりをつかんだわたしを見て千景くんが優しく笑った。

「ビックリしただけ。高いところはわりと平気なんだ」

「そっか。じゃあ俺が怖いってことにしておくね」

　そう言ったあと千景くんがわたしの体を抱きしめた。

「綾乃、好きだよ」

　振動が全身に伝わってドキドキさせられる。

　千景くんの心臓のあたりも、同じようにドキドキしている気がした。

「わ、わたしも、大好き」

　恐る恐る背中に手を回して抱きしめ返す。

「それ、ずるい。マジで反則」

「え、どれ……っ」

　──チュッ。

　髪にキスが落とされた。

「顔上げて、綾乃」

「……っ」

　視線を上に向けると夕日のせいなのか、千景くんの顔が赤く染まっていた。

　きっとわたしの顔も同じなんだろうな。

「この先何があっても一生綾乃だけを愛することを誓うよ」

　真顔で言われて耳の縁まで赤くなる。

「千景、くん……」

「だから綾乃もこれからは俺だけを見てね。他の男は視界に入れなくていいから」

　口角を持ち上げて笑うと、千景くんは優しくそっとわたしの唇にキスをした。

Fin.

☆ afterword

あとがき

　こんにちは。初めましての方も、そうではない方も、本作を手に取っていただきありがとうございます。

　この作品はサイトで約1年前に公開した作品なのですが、たくさんの方に読んでいただくことができました。

　こうして書籍化の機会にも恵まれ、さらにたくさんの読者様に目を通していただけたことを、とてもうれしく思います。

　切ない作品が多い私ですが、今回は甘々、溺愛をテーマにしたお話となりました。

　切ないお話ばかり書いていると、甘々なお話が書きたくなって突発的に書いた作品でもあります。

　溺甘な千景を書いてるときはほんとに楽しくて、あっという間に書き上がったのをよく覚えています（^ω^）

　ですので、完結公開後、サイトでランキング1位になったときはとてもうれしかったです。

　感想もたくさんいただけて、目を通すたびに改めて書いてよかったなぁと思わされました。

　それほど読者様のパワーは偉大でとても励みになるのです。何かお返しできないかなと考えていたところ、感想の中で多くご意見をいただいたのが『柚と東条くんのその後が気になる』というものでした。

　いつかサイトで書こうかなと思っていたのですが、書籍化のお話をいただいたときに書籍限定の番外編で書こうと決めました。

　千景より東条くん派の私は、この番外編を書いてるときもとても楽しかったです。

　本編はもちろん、番外編も楽しんでもらえているとうれしいです。

　そして今回カバーイラストをずっと憧れていた漫画家さんの美麻りんさんに描いていただきました。

　ヒーローとヒロインの２人はもちろん、柚や東条くんまでイメージ通りでとっても可愛く、そしてカッコよく描いてくださいました。

　素敵すぎるカバーイラストと胸キュンな挿絵が魅力的で、私のお気に入りの１冊となりました。

　私の作品が１人でも多くの読者様のお気に入りの１冊になっていれば、それほど光栄なことはありません。

　まだまだこれからも精進していきたいと思っていますので、よろしくお願いします。

　最後になりましたがこの本の出版に携わってくださった関係者の皆様、この本を手に取ってくださり最後まで読んでくださった読者の皆様に心より感謝申し上げます。

2021年３月25日　miNato

作・miNato（みなと）

兵庫県三田市在住。看護師をしながら、のんびり暮らしている。超マイペースのO型で、興味のないことには関心を示さない。美味しいものを食べることが大好きで、暇さえあれば小説を書いている。『また、キミに逢えたなら。』で第9回日本ケータイ小説大賞の大賞を受賞し、書籍化。単行本・文庫本共に著書多数。

絵・美麻りん（みあさ　りん）

10月28日生まれの蠍座。埼玉県出身。講談社コミックスなかよし『シーク様とハーレムで。』、『同級生に恋をした』、『嘘つき王子とニセモノ彼女』など、好評発売中。

ファンレターのあて先

♥

〒104-0031

東京都中央区京橋1-3-1

八重洲口大栄ビル7F

スターツ出版（株）書籍編集部　気付

m i N a t o 先生

KEITAI
SHOUSETSU
BUNKO
SINCE 2009

野いちご

同居中のイケメン幼なじみが、
朝から夜まで溺愛全開です！

2021年3月25日　初版第1刷発行

著　者　miNato
　　　　©miNato 2021

発行人　菊地修一

デザイン　カバー　ナルティス（稲見麗）
　　　　　フォーマット　黒門ビリー＆フラミンゴスタジオ

ＤＴＰ　朝日メディアインターナショナル株式会社

編　集　若海瞳　本間理央　小野寺卓

発行所　スターツ出版株式会社
　　　　〒104-0031　東京都中央区京橋1-3-1　八重洲口大栄ビル7F
　　　　出版マーケティンググループ　TEL03-6202-0386
　　　　（ご注文等に関するお問い合わせ）
　　　　https://starts-pub.jp/

印刷所　共同印刷株式会社
Printed in Japan

ISBN 978-4-8137-1062-2　C0193